三島由紀夫の愛した美術

宮下規久朗　井上隆史

とんぼの本
新潮社

三島由紀夫の愛した美術

文　三島由紀夫

解説・対談　宮下規久朗　神戸大学大学院准教授

井上隆史　白百合女子大学教授

三島が「竜安寺の石庭の配置を思い起こした」というアテネ、オリュンピエイオン
前174～後130年頃
撮影＝野中昭夫

Contents

はじめに

アンティノウス像、ワトー、セバスチャンの殉教図、ビアズリー、ダリ……。

三島由紀夫が愛着を寄せた美術作品は、すべて三島という鬼才の内面を映す鏡だとは言えないだろうか。

本書は三島由紀夫の愛した美術作品を、三島の美術評論もあわせ読みながら実際に鑑賞してみようという趣旨で編集されたもので、第一部「三島とめぐる欧州美術の旅」、第二部「三島と読み解く西洋美術史」、ほかに四つのコラムから構成されている。

三島とともに美術探訪の旅に出かけることにしよう。

それは、三島由紀夫という稀代の文学者の内界を辿る旅ともなるに違いない。

食卓にて　1962年
撮影＝篠山紀信

［凡例］
各章の扉リード文・各コラムと
そのキャプションは井上、
それ以外のキャプションは宮下による。

Chapter 1

第一部

三島とめぐる欧州美術の旅

昭和 26 年、朝日新聞特別通信員として世界一周旅行をした三島が、帰国後に刊行した旅の記録『アポロの杯』（昭和 27 年　朝日新聞社）。
撮影＝平野光良

三島由紀夫は、昭和二十七年四月、はじめてギリシアを訪れ、アクロポリスのパルテノン神殿に心躍らせた。五月四日と六日には、ローマのヴァチカン美術館に足を運んでいる。ここで三島の魂を奪ったのは、誰もが関心を寄せるミケランジェロやラファエロの作品ではなく、アンティノウスの像だった。

昭和三十六年一月には再びローマを訪問して、アポロ像の作成を依頼している。半年後に三島邸に届き前庭《アプローチ》に設置されたその像は、三島由紀夫にとって美術がどんなに大きな位置を占めていたかを物語っている。

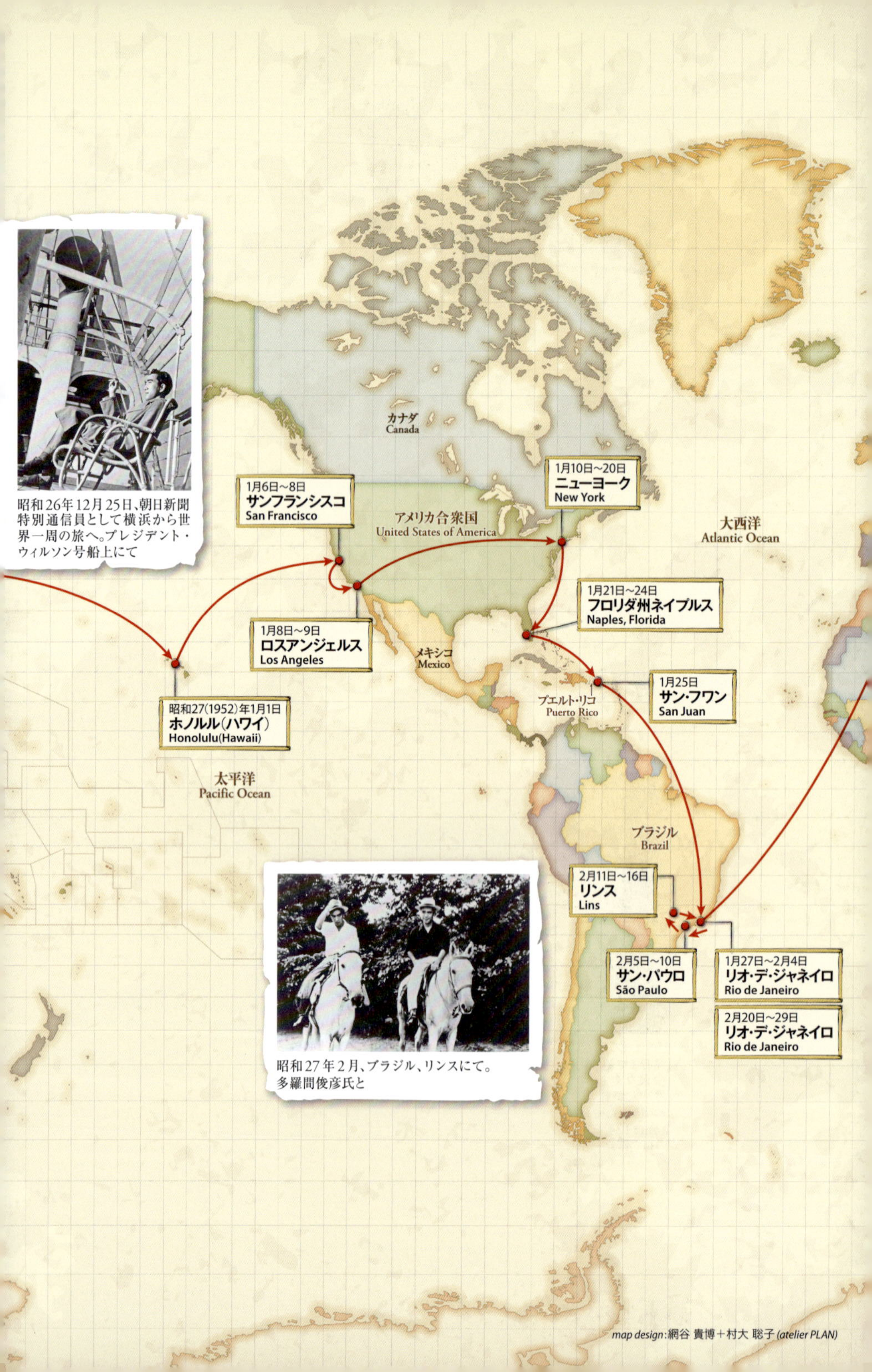

昭和26年12月25日、朝日新聞特別通信員として横浜から世界一周の旅へ。プレジデント・ウィルソン号船上にて

昭和27年2月、ブラジル、リンスにて。多羅間俊彦氏と

map design：網谷 貴博＋村大 聡子 (atelier PLAN)

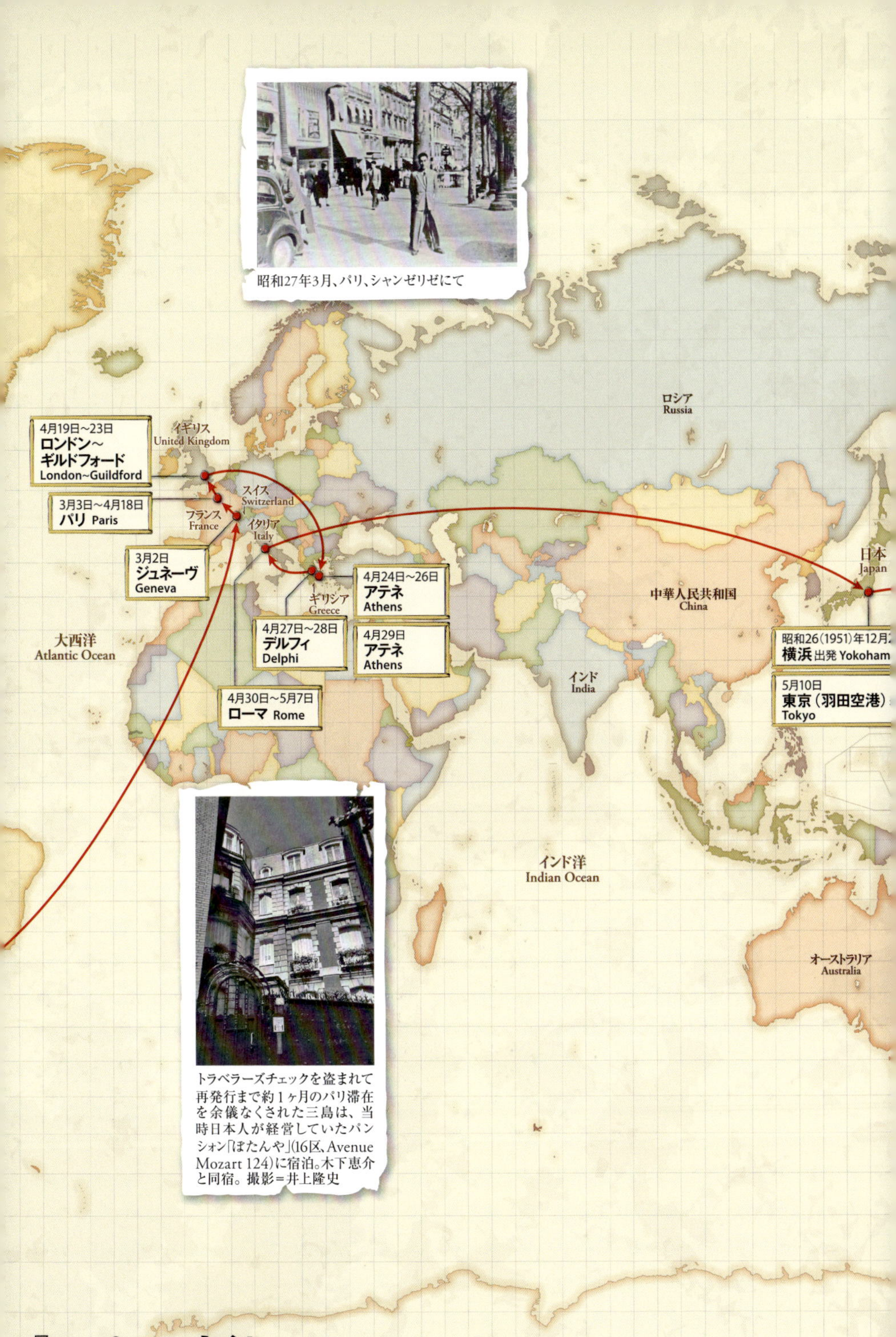

昭和27年3月、パリ、シャンゼリゼにて

トラベラーズチェックを盗まれて再発行まで約1ヶ月のパリ滞在を余儀なくされた三島は、当時日本人が経営していたパンシオン「ぼたんや」(16区、Avenue Mozart 124)に宿泊。木下恵介と同宿。撮影=井上隆史

『アポロの杯』行程図

A

Athens, Delphi

アテネ及びデルフィ

希臘《ギリシヤ》は私の眷恋《けんれん》の地である。

今、私は希臘にゐる。私は無上の幸に酔つてゐる。よしホテルの予約を怠つたためにうす汚ない三流ホテルに放《はふ》り込まれてゐる身の上であらうとも、インフレーションのために一流の店の食事が七万ドラグマを要しようとも。今この町におそらく只一人の日本人として暮す孤独に置かれようとも。希臘語は一語も解せず商店の看板でさへ読み兼ねようとも。

私は自分の筆が躍るに任せよう。私は今日つひにアクロポリスを見た！　パルテノンを見た！　ゼウスの宮居を見た！　巴里《パリ》で経済的窮境に置かれ、希臘行を断念しかかつて居たころのこと、それらは私の夢にしばしば現はれた。かういふ事情に免じて、しばらくの間、私の筆が躍るのを恕《ゆる》してもらひたい。

空の絶妙の青さは廃墟にとつて必須のものである。もしパルテノンの円柱のあひだにこの空の代りに北欧のどんよりした空を置いてみれば、効果はおそらく半減するだらう。あまりその効果が著しいので、かうした青空は、廃墟のために予《あらかじ》め用意され、その残酷な青い静謐《せいひつ》は、トルコの軍隊によつて破壊された神殿の運命を、予見してゐたかのやうにさへ思はれる。

廃墟として見れば、むしろ美しいのは、アクロポリスよりもゼウスの宮居である。これはわづか十五基の柱を残し、その二本はかたはらに孤立してゐる。中心部とこの二本との距離はほぼ五十米《メートル》である。二本はたゞの孤立した円柱である。のこりの十三本は残された屋根の枠を支へてゐる。この二つの部分の対比が、非左右相称の美の限りを尽してをり、私ははからずも竜安寺の石庭の配置を思ひ起した。

巴里で私は左右相称に疲れ果てたと言つても過言では

アクロポリスのパルテノン神殿
前447～前438年
左はエレクテイオン
撮影＝野中昭夫

“ゼウスの宮居”と呼んで三島が賛美したアテネのオリュンピエイオン。背後に見えるのはアクロポリス。右13基、左2基の円柱が織り成す左右非対称のこの美しさ。

撮影＝野中昭夫

ない。建築にはもとよりのこと、政治にも文学にも音楽にも、戯曲にも、仏蘭西人の愛する節度と方法論的意識性（と云はうか）とがいたるところで左右相称を誇示してゐる。その結果、巴里では「節度の過剰」が、旅行者の心を重たくする。

その仏蘭西文化の「方法」の師は希臘であつた。希臘は今、われわれの目の前に、この残酷な青空の下に、廃墟の姿を横たへてゐる。しかも建築家の方法と意識は形を変へられ、旅行者はわざわざ原形を思ひゑがかずに、ただ廃墟としての美をそこに見出だす。

希臘人は美の不死を信じた。かれらは完全な人体の美を石に刻んだ。日本人は美の不死を信じたかどうか疑問である。かれらは具体的な美が、肉体のやうに滅びる日を慮《おもんぱか》つて、いつも死の空寂の形象を真似たのである。石庭の不均斉の美は、死そのものの不死を暗示してゐるやうに思はれる。

オリムピアの廃墟の美は、いかなるたぐひの美であらうか。おそらくその廃墟や断片がなほも美しいことは、ひとへに全体の結構が左右相称の方法に拠《よ》つてゐる点に懸つてゐる。断片は、失はれた部分の構図を容易に窺《うかが》はしめる。パルテノンにせよ、エレクテウムにせよ、われわれはその失はれた部分を想像するとき、直感によるのではなく、推理によるのである。その想像の喜びは、空想の詩といふよりは悟性の陶酔であり、それを見るときのわれわれの感動は、普遍的なものの形骸を見る感動である。

しかもなほ原形のままのそれらを見るときの感動を想像してみて、廃墟の与へる感動がこれにまさるやうに思はれるのは、それだけの理由からではない。希臘人の考へ出した美の方法は、生を再編成することである。自然を再組織することである。ポオル・ヴァレリィも、「秩序とは偉大な反自然的企劃《きくわく》である」と言つてゐる。廃墟は、偶然にも、希臘人の考へたやうな不死の美を、希臘人自身のこの絆《いま》しめから解放したのだ。

アポロの神殿は巨大な三本の円柱が、その壮大を偲ばせるだけで、大理石の台座がいたづらに白々とひろがつてゐる。犠牲の叫びは円柱に反響し、その血は新しい白《はく》皙《せき》の大理石の上に美しく流れたにちがひない。希臘彫刻において、いつも人間の肉を表現するのに用ひられたこの石は、血潮の色とも青空の色ともよく似合ふ。今われわれの見る廃墟に、青空の青は欠けるところがないが、鮮血の色彩の対照は欠けてゐる。ところどころに咲いてゐる罌粟の真紅《しんく》で以て、それを想像してみる他はない。

「欧洲紀行（アテネ及びデルフィ、ローマ）」／

『アポロの杯』（昭和27年10月5日　朝日新聞社）より

初出「希臘・羅馬紀行」芸術新潮　昭和27年7月号

デルフォイのアポロン神域
前 370 ~前 330 年
撮影＝野中昭夫

A

Antinous

アンティノウス

今日私はアンティノウスに関する小戯曲*の想を得た。舞台はナイル河畔のアンティノウスの神殿である。人物は年老いたるハドリアーヌスと、その重臣と数人の巫女《みこ》と、アンティノウスの霊とである。それが書かれた暁には、私の近代能楽集に、多少毛色の変つた一篇を加へることにならう。

それといふのも、今日ヴァチカン美術館を訪れて、私はアンティノウスのその一つは胸像であり、その一つは古代埃及の装ひをした全身像である、（もう一つ有名なベルヴェデーレのアンティノウスは、その体つきも顔立ちも、当然アンティノウスではなくて、ヘルメスである）二つの美しい彫像に魅せられてしまひ、他のさまざまな部屋の名画を見てゐても、心はアンティノウスのはうへ行つてゐるので、全体としてヴァチカンの見物は、甚だ収穫の乏しいものに終つてしまつた。

このうら若いアビシニヤ人は、極めて短い生涯のうちに、奴隷から神にまで陞《のぼ》つたのであつたが、それは智力のためでも才能のためでもなく、ただ儔《たぐ》ひない外面の美しさのためであり、彼はこの移ろひやすいものを損なふことなく、自殺とも過失ともつかぬふしぎな動機によつて、ナイルに溺れるにいたるのである。私はこの死の理由をたづねようとするハドリアーヌス皇帝の執拗な追求に対して、死せるアンティノウスをして、ただ「わかりません」といふ返事を繰り返させ、われわれの生に理由がないのに、死にどうして理由があらうか、といふ単純な主題を暗示させよう。

ディオニュソス・オシリス神としてのアンティノウス
2世紀中頃　大理石　高326cm
ヴァチカン美術館

小アジアのビテュニア出身の美少年アンティノウスはハドリアヌス帝に寵愛され、その二度の大旅行に随行した。しかし、130年のエジプト旅行中、ナイルで謎の溺死をしてしまう。帝はその死を記念して河畔にアンティノオポリスという町を建設し、神として称えるための彫刻を多数制作させた。アンティノウス像は130体も確認されているという。この立像は、蔦の冠に松笠をつけ、左足近くには聖具箱が置かれている。

一説には厭世自殺ともいはれてゐるその死を思ふと、私には目前の彫像の、かくも若々しく、かくも完全で、かくも香《かぐ》はしく、かくも健やかな肉体のどこかに、云ひがたい暗い思想がひそむにいたつた径路を、医師のやうな情熱を以て想像せずにはゐられない。ともするとその少年の容貌と肉体が日光のやうに輝かしかつたので、それだけ濃い影が踵《きびす》に添うて従つただけのことかもしれない。

今日私はアンティノウスに別れを告げるために、再度ヴァチカンを訪れた。今までロトンダに入つて、その胸像を見ながら、すぐ傍らにある巨大な立像に気がつかなかつたが、それはあまり胸像にばかり見惚《みと》れてゐたためと、もう一つは、立像のはうはあまりに神格化され、胸像や埃及の立像のやうな初々しさに欠けてゐるので、その人らしい特徴が目立たなかつたためであらう。

パレストリナで見出されたこの立像は、バッカス神に扮したアンティノウスであるが、その表情や姿態には、バッカスらしい闊達さや、飄逸《へういつ》さはなく、やゝ傾けた首はうつむきがちで、彼自身の不吉な運命を予感してゐるかのやうである。

アンティノウスの像*には、必ず青春の憂鬱がひそんでをり、その眉のあひだには必ず不吉の翳《かげ》がある。それはあの物語によつて、われわれがわれわれ自身の感情を移入して、これらを見るためばかりではない。これらの作品が、よしアンティノウスの生前に作られたものであつたとしても、すぐれた芸術家が、どうして対象の運命を予感しなかつた筈があらう。

彫像が作られたとき、何ものかが終る。さうだ、たしかに何ものかが終るのだ。一刻一刻がわれらの人生の終末の時刻《とき》であり、死もその単なる一点にすぎぬとすれば、われわれはいつか終る

アンティノウスの胸像
2世紀中頃　大理石
高100cm　ヴァチカン美術館
撮影＝小森谷賢二、慶子

ティヴォリのハドリアヌス帝の別荘は、最愛のアンティノウスを失った傷心の帝がアンティノウスを偲ぶために建造した別荘だが、そこから出土した胸像。豊かな髪と肉付きのよい顔貌は、帝の哀悼の念と理想化への志向を物語るように憂愁を含んでいる。三島を惹きつけたのはまさにその点であった。

べきものを現前に終らせ、一旦終つたものをまた別の一点からはじめることができる。希臘彫刻はそれを企てた。そしてこの永遠の「生」の持続の模倣が、あのやうに優れた作品の数々を生み出した。

生の茫洋たるものが堰《せ》き止められるにはあまりに豊富な生に充ちてゐる若者たちが、さうした彫像の素材になつたのには、希臘人がモニュメンタールと考へたものの中に潜む、悲劇的理念を暗示する。アンティノウスは、基督教の洗礼をうけなかつた希臘の最後の花であり、羅馬が頽廃《たいはい》期に向ふ日を予言してゐる希臘的なものの最後の名残である。私が今日再び美しいアンティノウスを前にして、ニイチェのあの「強さの悲観主義」「豊饒そのものによる一の苦悩」生の充溢《じゆういつ》から直ちに来るところの希臘の厭世主義を思ひうかべたとしても不思議ではあるまい。

生れざりしならば最も善し。
次善はたゞちに死へ赴くことぞ。

ミダス王が森の中から連れて来られたサテュロスにきいたこの言葉、それが今私の耳を打つ。アンティノウスの憂鬱は彼一人のものではない。彼は失はれた古代希臘の厭世観を代表してゐるのである。

私は又しても埃及の部屋の立像の前にしばらく佇み、この三体のアンティノウスの印象がほかのさまざまのもので擾されぬやうに、匆々にヴァチカンを辞し去つた。

私は今日、日本へかへる。さやうなら、アンティノウスよ。われらの姿は精神に蝕《むしば》まれ、すでに年老いて、君の絶美の姿に似るべくもないが、ねがはくはアンティノウスよ、わが作品の形態をして、些《いささ》かでも君の形態の無上の詩に近づかしめんことを。

——一九五二年五月七日羅馬にて

「欧洲紀行（アテネ及びデルフィ、ローマ）」／『アポロの杯』（昭和27年10月5日　朝日新聞社）より
初出　「希臘・羅馬紀行」芸術新潮　昭和27年7月号

オシリスのアンティノウス
2世紀中頃　大理石
総高241cm
ヴァチカン美術館

オシリス神型とよばれるもので、エジプトで死んだアンティノウスがエジプトの衣装をつけてエジプトの神に扮している。19頁の胸像と同じく、ティヴォリのハドリアヌスの別荘から18世紀に出土した。

D

Dali, Crucifixion

ダリ「磔刑の基督」

私はダリの近年の聖画が好きで、ワシントンのナショナル・ギャレリーにある「最後の晩餐」と、ニューヨークのメトロポリタン・ミュージアムにあるこの「磔刑の基督」と、どちらも同じ程度に好きであるが、複製としての効果から考へて、構図も単純、色彩も明確な「磔刑」のはうを選んだ。「最後の晩餐」の細部、たとへばコップの中の葡萄酒などの澄んだ神聖な美しさは、目もあやであるが、残念ながら、複製では十分の一の効果も出ないやうである。「磔刑の基督」は、一九五四年に描かれたものであるが、メトロポリタン・ミュージアムでは破格の待遇を受けて、いつもその前にはお上りさんが蝟集《ゐしふ》してゐる。

むかしのダリから考へると、ダリがカソリックになつて、抹香くさい絵を描くことにならうとは、想像の外であるが、なるほどさう思つてみると、初期のダリに執拗にあらはれる澄明な空の無限のひろがり、広大な背景のパースペクティヴには、いつかその地平の果てから、聖性が顕現せずにはおかない予感のやうなものがあつた。又、ダリの、ルネッサンス絵画やオランダ派の静物画などからの、緻密な写実の勉強には、いつかは、さういふ技法の百パーセントの活用を求める素材につき当りさうなものがあつた。さういふ点から考へると、ダリの聖画は少しもふしぎではない。

この「磔刑の基督」は、刑架がキュビスムの手法で描かれてをり、キリストも刑架も完全に空中に浮游して、そこに神聖な形而上的空間ともいふべきものを作り出してゐる。左下のマリヤは完全にルネッサンス的手法で描かれ、この対比の見事さと、構図の緊張感は比類がない。又、下方にはおなじみの遠い地平線が描かれ、夜あけの青白い光りが仄《ほの》かにさしそめてゐる。

キリストは顔が見えないが、無髯《むぜん》のうら若いキリストで、その肉体の描写にも、中世紀的な精神主義は一切顔を出さず、むしろアメリカ的な肉体主義を思はせる青春のすがすがしさに溢《あふ》れてゐる。このキリストはついさつきまで、現代の大工のジン・パンを穿《は》いてゐたといふ感じさへする。それが多くのアメリカ人を感動させる一要素かもしれず、この精神分析に詳しい画家は、現代になほ生きるメシア・コムプレックスを狙つたのかもしれない。

「ダリ『磔刑の基督』」／『私の遍歴時代』（昭和39年4月　講談社）より
初出　「ダリ『磔刑の基督』―私の好きな近代絵画」マドモアゼル　昭和37年8月号

磔刑（超立方体的人体）
サルヴァドール・ダリ
1954年　油彩、カンヴァス
194.3×123.8cm
ニューヨーク、
メトロポリタン美術館

立方体の集合からなる十字架に、キリストが架けられている、というより浮遊しているこの作品について、ダリは「形而上学的かつ超越的キュビスム」であるとする。画面左下にはダリの妻ガラが聖職者の衣装をつけてキリストを見上げている。

Talk about Mishima

Part 1

三島は美術が好きだった

〔対談〕宮下規久朗×井上隆史

宮下　三島由紀夫はローマの美術館やニューヨークの近代美術館（MoMA）などに、ずいぶん早い時期から行っていますよね。

井上　三島が最初の世界一周旅行に出たのは昭和二十六年の暮で、四カ月半ほどかけて世界をまわります。当時日本は朝鮮戦争の影響もあって出入国が厳しく管理されていたけれど、朝日新聞の特別通信員の肩書きを得たんです。三島はその後三度も世界一周旅行をし、それ以外にもたびたび海外に出ているけど、熱心に美術館を訪れたのは、最初の世界一周旅行の時ですね。

宮下　その時のことは『アポロの杯』に詳しく書かれていますね。三島は二十七歳。私は美術史、とくにイタリア美術史を専門としていますが、三島由紀夫にも一ファンとして接してきました。それで思うのは、三島と美術というテーマはあまり論じられたことはないが、三島自身は美術が非常に好きだったんですね。それは、『アポロの杯』を読んでも、よくわかります。三島の詳細な評伝を書いたジョン・ネイスンは、「三島は生涯を通じて美術には皆目無知だった」とし、「それはあたかも三島におけるアキレスの腱のごときものであった」と述べていますが、そういう見方とは違う角度から、三島の美術への関心と感受性について考えてみたいですね。

井上　これから、美術史家の宮下さんと、ローマを中心に三島の美術館めぐりを辿り直してみたいと思いますが、まず『アポロの杯』の記述にしたがって、三島の行程を整理しておきましょうか。

昭和二十七年

五月二日　ローマ国立博物館（テルメ博物館）

五月三日　ボルゲーゼ美術館

五月四日　ヴァチカン美術館
五月五日　カピトリーノ美術館
　　　　　ヴェネチア宮美術館
五月六日　ヴァチカン美術館

宮下　ヴァチカンに二度行っていますね。

井上　アンティノウスの像に惚れ込んで、二度も見に行ったんです。しかし、ヴァチカン美術館というのはいつも混んでいて、ずいぶん並ばないと入れませんよね。

宮下　いや、それは近年のことで、かつてはそれほど混んでいませんでした。ヴァチカン美術館には胸像と全身像の他に、バッカスに扮したアンティノウスの立像もあります。アンティノウスというのは、ローマの五賢帝の一人ハドリアヌス帝に寵愛された少年ですが、130年にナイル川で溺死してしまった。単なる事故だったのか、ハドリアヌス帝が死を命じたのか、帝から逃れようとしたのか、厭世的になったのか、死の理由はわかりません。ハドリアヌス帝は嘆き悲しんで、その後アンティノウスの像を繰り返し造らせました。エジプトで死んだので、エジプトの神の姿として造らせた。ローマ近郊にティヴォリという町がありますが、そこにハドリアヌス帝がアンティノウスを偲ぶために作ったヴィラ・アドリアーナという広大な庭園と別荘があります。アンティノウス像は何度も何度も造られているうちに、どんどん理想化されてしまい、バッカスに扮した立像［17頁］などはただのアポロン像のようになってしまっています。これは、三島も一回目にヴァチカンに来た時には気づかずに見逃しています。もっとも実体に近いのは胸像［19頁］でしょうね。

井上　確かに美しい胸像ですが、芸術作品としての出来栄えというか、水準はどの程度のものなんでしょう。

宮下　一連のアンティノウス像は、ローマの古典美術の最後を飾るものですが、この胸像は特に重要ではありません。ヴァチカンにある古代彫刻でもっとも有名なのは《ベルヴェデーレのアポロン》［27頁左］や《ラオコーン》［下］で、

ラオコーンの群像
50年頃　大理石　高184cm
ヴァチカン美術館　撮影＝青木登

ラオコーンは神の怒りを買って二人の息子とともに海蛇に殺されたトロイアの神官。1506年に発見されたこの群像はユリウス2世によって購入され、ベルヴェデーレ宮殿の「八角形の中庭」に設置された。当初、ラオコーンの右腕が欠けていたので伸ばした右腕が接合されたが、1905年にねじまがった右腕が発見されたため、現在の姿に復元された。
（ただしこの写真の像はレプリカ。2006年11月～07年2月、ヴァチカン美術館500年を記念して開催された「《ラオコーンの群像》展」会場にて）

同じヘレニズム彫刻で巨大な《ベルヴェデーレのトルソ》も美術史上きわめて重要なものです。また、普通日本人がヴァチカンに来て一番期待するのは、システィーナ礼拝堂のミケランジェロの壁画なんですよ。でも、『アポロの杯』ではアンティノウスにばかり言及して、《ラオコーン》のような重要な古代彫刻もミケランジェロのこともほとんど無視してますね。ミケランジェロの絵には筋骨隆々たる人物がたくさん出てくるんだけど、あまり興味がなかったんでしょうか。日本人によく知られたものでは、他にラファエロの《アテナイの学堂》などの「スタンツェ」の壁画や、絵画館にある《キリストの変容》もありますが、やはり三島は一言も触れていません。

井上　《ベルヴェデーレのアポロン》や《ラオコーン》は、触れてはいるが、ただ名前を挙げたというだけですね。ラファエロもいくらか見たけれどピンと来なかったようです。

宮下　少しでも美術史を知っている者から見ればありえないことです。ただ、一般に人が美術に関心を寄せる場合、常に芸術としてその作品を高く評価しているというわけではなく、その人特有の美意識や美的感受性の発露としての美術への関心もあると思います。ありていに言えば、芸術作品としての出来栄えはたいしたことはないかもしれないが、その絵や彫刻の顔が、たまたま好きなタイプだとか。アンティノウス像に対する三島の興味も、そういう風に理解したほうがよいかもしれないですね。

井上　なるほど。ただ、だからと言って三島の美術鑑賞の程度が浅いということにはならないですよね。ヴァチカン美術館に行ってミケランジェロやラファエロを見ようという人も、単にガイドブックに書いてあるからそうしているだけかもしれないし。

宮下　さっき三島自身は美術が非常に好きだったと言ったのは、そういう意味もあります。

リアル過ぎるものが好きじゃない

井上　三島はヴァチカン美術館以前には、ローマ国立博物館とボルゲーゼ美術館に行っていますね。そのことは、『アポロの杯』にも書かれていますが、そのなかで、特に注目すべき点はなんだと思いますか。

宮下　三島自身のコメントはほとんどないですが、美術史的に言うとローマ国立博物館のミュロンの《円盤投げ》が重要ですね［56頁］。大理石の模刻と言われていますが。

井上　三島は後に「芸術新潮」（昭和四十二年二月号）の企画で、西洋美術から八点の青年像を選びコメントを付けていますが、そこでも「闘志」の像とし

ベルヴェデーレのアポロン

130-140年頃　大理石　高224cm
ヴァチカン美術館　HIP/PPS通信社

前330年頃のレオカノス作のブロンズ像をローマ時代に大理石で模刻したもの。左手に弓、右手に矢を持っていたと思われる。16世紀初頭にユリウス2世がこの中庭に設置して以降、称賛を浴び続け、18世紀のヴィンケルマンは、この像が「芸術の最高の理想を体現している」と記した。

ニオベの娘

紀元前440-430年　パロス産白色大理石　高149cm
ローマ国立博物館　© Photo SCALA, Florence

ゼウスの子をたくさん産んだことを誇ったニオベは女神レトの怒りを買い、子供全員を射殺されてしまう。この彫像は背中に矢を受けてのけぞるニオベの娘を表し、死にいく者の苦痛をこの上なく詳細に表現している。三島はピカソの《ゲルニカ》を見たときに、この「静粛な苦悶」と比較している。

て採り上げていますね。

宮下　「芸術新潮」の特集のことは、本書の第二部でまた採り上げることにして、《円盤投げ》に限って言えば、ここで三島を惹きつけたのは均衡美だと思います。人体の個々の部分は正確でも実際に人間にこういうポーズを取らせるとかなり違う姿になるんですよ。ミュロンの像がこのように綺麗なS字形になっているのは人工的、幾何学的なもので、三島はそこに惹かれたのではないか。ここには、先ほどのアンティノウス像に対する関心とは、また違う志向が働いているのかもしれませんね。

井上　それからボルゲーゼでは、ティツィアーノの《聖愛と俗愛》［28～29頁］を絶賛していますね。

宮下　これはボルゲーゼ美術館の至宝です。ただ、この絵は美術館の一番奥まった特別室のような所にあって、否が応でもこれが至宝だって感じさせられます。

井上　面白いのは、三島は正面の花嫁

聖愛と俗愛

ティツィアーノ　1514年
油彩、カンヴァス　118×279cm
ローマ、ボルゲーゼ美術館　©Photo SCALA, Florence

ティツィアーノの初期の代表作。ヴェネチアの十人評議会書記ニッコロ・アウレリオとラウラ・バガロットの結婚の際に注文されたものと思われる。主題については諸説あっていまだ定まっていない。右の裸体の女性は神に対する聖なる愛を表し、左の着衣の女性は人間同士の俗なる愛を表す、つまり、両者は愛の二側面を表し、いずれも必要であるとする新プラトン主義の思想を表したものであると考えられてきたが、両者を「愛」と「貞潔」という結婚の両義性と捉える説も有力である。

男の肖像

ラファエロ？　1500年頃
油彩、板　45×31cm
ローマ、ボルゲーゼ美術館

この作品は近年、ラファエロの師ペルジーノによるもので、1500年ローマで没した音楽家セラフィーノ・アクイラーノの肖像であるとする説が提出されている。

一角獣を持つ婦人

ラファエロ　1506年頃
油彩、カンヴァス　67×56cm
ローマ、ボルゲーゼ美術館

長らくペルジーノ周辺の作とされ、しかも一角獣でなく、車輪を持ったアレクサンドリアの聖カタリナの姿であったが、20世紀にラファエロの作とされ、洗浄して現在の姿になった。レオナルドの《モナリザ》の影響が顕著。一角獣は処女性の象徴である。

と女神には大して言及せずに、背景の細部の美しさについてばかり触れていることです。同じボルゲーゼ美術館で、ラファエロの《一角獣を持つ婦人》［上右］より《男の肖像》［上左］を誉めていることとも通じますね。

宮下　やはり、女性にはあまり関心がないようですね。それから、《聖愛と俗愛》を置いてある部屋に、たいていの人は無視するような《魚に説法する聖アントニウス》［左頁上］というヴェロネーゼの絵がありますが、三島はこれも誉めていて、ちょっと意外な感じがしました。魚に説教する聖人の絵ですが、それほど目をひくものではないですけどね。画面の半分を占める暗緑色の海が、心に触れたのでしょうか。魚に説教するという西洋には珍しい画題や、宗教画の多い中で珍しく海景を描いている点が関心を惹いたのかもしれません。

海といえば、三島はヤコポ・ズッキ

魚に説法する聖アントニウス

ヴェロネーゼ　1580年頃
油彩、カンヴァス　104×150cm
ローマ、ボルゲーゼ美術館

パドヴァの聖アントニウスは、海辺で魚に向かって説法すると魚が集まって来たという。師のアッシジの聖フランチェスコが小鳥に向かって説法したという逸話と対をなすが、描かれることは稀である。小品ながらヴェロネーゼの得意とした華麗な色彩が見られる。

海の宝（アメリカ大陸発見の寓意）

ヤコポ・ズッキ　1585年頃
油彩、銅板　52×42cm
ローマ、ボルゲーゼ美術館

おそらくフェルディナンド・デ・メディチ枢機卿の書斎を飾っていたもの。珍奇な貝や真珠、珊瑚、猿、オウムなどが描かれ、新大陸の異国情緒が表わされているとされる。ズッキは16世紀末にフィレンツェとローマで活躍した後期マニエリスムの画家で、異教主題による華やかな装飾を得意とした。

の《海の宝》［31頁下］という絵も誉めています。これもボルゲーゼにあり、現在は《アメリカ大陸発見の寓意》として知られていますが、全体に優雅な感じで、三島のロココ趣味を満足させたのかもしれません。

井上　三島には確かにロココ趣味があると思うけど、そういう趣味と、先ほどの《円盤投げ》におけるようなギリシア彫刻の均衡、構成美に対する愛着とは、どんな風に結びつくんでしょうね。

宮下　それについては、カピトリーノ美術館にあるヴェロネーゼの《エウロペの略奪》［32頁上］のことも一緒に採り上げて考えたらよいですね。これは、ヴェネチアにある自作《エウロペの略奪》［32頁下］のレプリカなんですが、三島はずいぶん誉めています。

井上　ローマのカピトリーノの丘にはコンセルヴァトーリ宮殿の美術館と新宮殿の美術館があるけど、《エウロペの略奪》［32頁下］があるのは、コンセルヴァトーリ宮の美術館ですね。しか

エウロペの略奪　ヴェロネーゼ　1580年頃　油彩、カンヴァス　245×310cm　ローマ、カピトリーノ美術館

エウロペの略奪

ヴェロネーゼ
1580年　油彩、カンヴァス　240×303cm
ヴェネチア、パラッツォ・ドゥカーレ

原作（下）はヴェネチアのパラッツォ・ドゥカーレにあるが、作者自身によって多少の変化をつけてこの作品が作られた。海岸で侍女たちと戯れていた王女エウロペを白い牡牛に化けたユピテルが略奪するという『変身物語』の逸話を扱っているが、描かれているのは同時代のヴェネチアの豪華な衣装をつけた婦人たちである。ヴェロネーゼのこうした官能的な作品は好評を博し、18世紀までヴェネチア派に大きな影響を与えた。

ロムルスとレムス

ピーテル・パウル・ルーベンス
1615−16年
212×213.4cm
ローマ、カピトリーノ美術館

伝説上のローマの建国者ロムルスとその双子の弟レムスはテヴェレ川に捨てられるが生きのび、牝狼とキツツキに育てられた。画面右には、彼らを発見することになる牛飼いのファウストゥルスが近づいており、左にはテヴェレ川の河神が水甕にもたれている。同じカピトリーノ美術館には、幼い兄弟が乳を飲むエトルリアの有名なブロンズの狼の像がある。

し、ヴェロネーゼは十六世紀のルネサンスの画家ですよね？

宮下　そうですが、享楽的でロココ的なんです。これはギリシア神話でゼウスが牛に変身してエウロペという女性を誘拐する場面ですが、画中の人物は当時のヴェネチアの貴族の格好をしている。

井上　なるほど。

宮下　それで、私が専門にしているカラヴァッジョと対照して考えるとわかりやすいのですが、カラヴァッジョは、カピトリーノ美術館、これは新宮殿の方ですが、そこにも《洗礼者ヨハネ（解放されたイサク）》のような有名な作品があります。しかし、三島は一言も触れていません。これには、当時日本ではカラヴァッジョについてほとんど紹介されてなかったとか、ゲーテの『イタリア紀行』に出てこないとか、いくつか理由がありますが、もう一つ言えるのは、三島はリアル過ぎるものが好きじゃないんです。カラヴァッジョは明暗の対比を強調したり、庶民を画面に出したりすることで、対象をリアルに描き、近代リアリズムの始祖と言われるんですが、三島はそういうものが好きではなかった。

井上　すると、ギリシア彫刻の均衡、抑制と秩序、構成美に対する愛着と、ロココ趣味とがどう繋がるのかというと、リアリズムではないという点で繋がるんですね。

宮下　そう言ってよいと思いますね。いずれも、現実から離れ、理想美や理想郷を志向したものであるという共通点があります。

井上　カピトリーノのコンセルヴァト

洗礼者ヨハネ（解放されたイサク）

カラヴァッジョ　1601年
油彩、カンヴァス
129×94cm　ローマ、カピトリーノ美術館

少年はミケランジェロの「イニューディ（裸体青年像）」を基にしたポーズをとるが、肌の質感やそこに宿る微妙な陰影や質感はきわめて写実的で、強い実在感を与える。

スザンナ

ルーベンス　1607-08年　油彩、カンヴァス
94×66cm　ローマ、ボルゲーゼ美術館

貞淑な人妻スザンナは入浴を覗き見た長老２人から言いなりになるよう脅かされる。旧約聖書外典のこの主題は、ヌードと窃視を描く口実として古来無数に表現されてきた。ルーベンスも生涯にわたってこの主題を描いたが、本作品はその最初のもの。同じルーベンスの《ピエタ》よりも、この作品のほうが三島の好みに合っていたようだ。

魔女キルケ

ドッソ・ドッシ　1531年頃　油彩、カンヴァス
176×174cm　ローマ、ボルゲーゼ美術館

フェラーラで活躍した画家ドッソの代表作。ギリシアの英雄オデュッセウスが出会った魔女キルケは、魔法の薬を混ぜた食べ物によってオデュッセウスの部下たちを豚に変えてしまった。あるいは、フェラーラの宮廷詩人アリオストの『狂乱のオルランド』に登場する魔女メリッサであるとする説もある。

ーリ宮の美術館で三島が見た作品で、《エウロペの略奪》以外に注目すべきものには、どういうものがあるでしょうか。

宮下　やはり、グイド・レーニの聖セバスチャン［77頁］でしょう。ただ、これは矢が三本あるバージョンですね。有名な『仮面の告白』に出てくるのは、この絵とは違って、同じグイド・レーニがこれよりちょっと前に描いたと思われるもの［76頁］です。ジェノヴァのパラッツォ・ロッソという美術館にあるんですが、三島は写真でしか見ていません。これは、お腹に矢の無いバージョンなんですよ。

カピトリーノ美術館で矢が三本の絵を見た三島は、自分としてはジェノヴァの二本の絵の方が好きだと言っています。これは三島の鋭いところで、ローマの三本の絵は非常に有名なものですが、美術史的に見ると、ジェノヴァの作品の方がはじめのもので、ローマのは、その一種のレプリカなんですね。しかし、セバスチャンについては、第

棘を抜く少年

（スピナリオ）

前1世紀
ブロンズ　高73cm
ローマ、
カピトリーノ美術館

前２世紀のヘレニズムのオリジナルか、それを前１世紀にコピーした青銅彫刻であると思われる。一心に足の棘を見つめるこの少年のバランスのとれたポーズは後の芸術家に大きな影響を与えた。

タイガー・バーム・ガーデン（香港）

Alamy/PPS通信社

1935年、軟膏「タイガーバーム」で富を築いた胡文虎が別荘として建設、後に一般公開した。七層の仏塔の周りに故事や宗教をテーマにした極彩色のジオラマが配置され、一時はキッチュな観光スポットとして賑わったが、次第に人気は衰え、2000年に閉鎖された。三島は1961年1月の香港滞在中に、この奇想の庭を訪れている。

二部で改めて採り上げようと思います。

井上　三島は《棘を抜く少年（スピナリオ）》のブロンズ像［右頁］も絶賛していますね。

宮下　右の下肢、左の下肢、右の下《か》膊《はく》、胴の左側の線が十字をなし、その中心に足の裏があり、そこに小さな見えない棘があるという構図が、ちょうど短篇小説のようだと、三島は『アポロの杯』の中で誉めていますね。これは、数少ないギリシア時代の青銅彫刻で、三島はさすがにそういうところに目を付けているなと思います。《棘を抜く少年》は小さな彫刻なので、気づかずに通り過ぎてしまう人が多いんですけどね。

井上　三島はこの《棘を抜く少年》にも、均衡や構成美を見出したのかもしれません。

宮下　均衡や構成美に対する愛着ということから私が逆に思い出すのは、三島が昭和三十六年一月に訪れた、香港のタイガー・バーム・ガーデン［上］についての文章ですね（「美に逆らうもの」、「新潮」昭和三十六年四月号）。三島はタイガー・バーム・ガーデンについて、地上最醜、奇怪で醜悪だと述べている。それは、幻想が素朴なリアリズムの足枷を嵌められたままのさばる世界、グロテスクが決して抽象へ昇華されることのない世界、不合理な人間存在が決して理性の澄明に到達することのない世界だといいます。その一方で、混沌の美は意識的に避けられ、客は一断片から一断片へ、一つの卑俗さから一つの卑俗さへと経巡るだけだという。この「美に逆らうもの」という文章は三島の鋭い感受性と見事な表現力を示す傑作だと思いますが、これを通じて、三島好みの美とはいかなるものなのか、改めて逆照射されるでしょう。

井上　確かにそうですね。ただ、タイガー・バーム・ガーデンについては、嫌なら無視しておけばよいのに、三島はあえてこれを言葉で表現したわけですから、「醜」というものに対する、三島特有のこだわりも認められると思います。

Album/PPS 通信社

サン・ニッコロ・デイ・フラーリの祭壇画

ティツィアーノ　1520-25年
油彩、カンヴァス
338×270cm　ヴァチカン美術館

聖人たちの上空に聖母子がいるこの作品は、ルネサンス期のヴェネチアで流行した「聖会話図（サクラ・コンヴェルサツィオーネ）」の一種である。左からアレクサンドリアの聖カタリナ、聖ニコラウス、聖ペテロ、パドヴァの聖アントニウス、聖フランチェスコ、聖セバスティアヌスである。三島は右端の豊満な聖セバスティアヌスに惹かれたのかもしれない。

常識的な見方とは異なる視点

宮下　全体的に言って三島の鑑賞はとても鋭いですね。ただ、自分の鑑識眼に対する臆病さのようなものを感じることもあります。たとえば、ヴァチカンの絵画館には、ティツィアーノの《サン・ニッコロ・デイ・フラーリの祭壇画》［上］がありますが、それを見た時に、これについてはゲーテが『イタリア紀行』で大絶賛しているので、つけ加えるべき言葉を自分は持たないと、『アポロの杯』に書かれていますね。ゲーテが誉めたものは一応見ておかなきゃいけないという意識が、やはり三島にもあったんです。逆に、ベルニーニやカラヴァッジョのように、ゲーテは触れず、ゲーテ以後に評価の高まった人については、三島は一言も書いていない。ベルニーニの《聖テレ

デルフォイの馭者

部分（全図は57頁）
デルフォイ考古博物館 撮影＝野中昭夫

頭髪は直彫りしてあり、また目には色のついた石がはめ込まれている。それにより、彫刻でありながら生気にとんだ表情が生まれている。

サの法悦》、これはサンタ・マリア・デッラ・ヴィットーリア聖堂のコルナーロ礼拝堂にあって、セバスチャンの女性版とも言えるもので、興味を示しても良いように思うんですけど、まったく関心を示していませんね。

井上　確かにそういうところもあるでしょうね。ところでローマ以外では、たとえばギリシアのデルフォイ美術館で見たブロンズ彫刻の《デルフォイの馭者》［上／57頁］に、強い感銘を受けていますね。「芸術新潮」の青年像の特集でも、「勝利」の像として取り上げています。

宮下　これは、ギリシアのクラシック期の大傑作です。ちょうどアルカイック期からクラシック期に移り変わり、それとともに彫刻はプリミティブな動きの少ないものから、均衡の取れた動きの出てくるものに変わっていった。まさにその時期の、春のような動きの初発性を感じさせる彫刻です。下半身がやや長いですけど、これは元々は車が付いていたためです。二輪馬車の競技ですが、しかしこの青年が「勝利」したかどうかは、本当は彫刻からのみではわからない。

井上　「勝利」と名付けたのは三島の着想なんですね。

宮下　これを見て「勝利」だと思ったのが三島の感性だと思います。勝利の喜びを無表情の中に押し殺していると捉えたんですね。

井上　ところで、三島は昭和二十七年の世界旅行では、ギリシア、ローマを訪れる前に、パリ、ロンドンなど、さらにその前には南北アメリカを旅しています。その間にも幾つかの美術館に行っていますね。

宮下　ロサンゼルスのハンティントン美術館に行っていますね。でも、むしろ面白いのは、ニューヨーク近代美術館です。

面白いというのは一種の逆説で、というのも当時アメリカはパリを抜いて世界一の美術の中心地になり、ジャクソン・ポロックらの抽象表現主義によってモダンアートの最先端になっていたのに、三島はこれらにまったく関心を示していないからです。わずかにデムースの、メトロポリタン美術館にある《黄金の5》［41頁］など、あまりおもしろくない絵にいくつか触れているだけです。

井上　それから、ピカソの《ゲルニ

ゲルニカ

パブロ・ピカソ　1937年　油彩、カンヴァス　349.3×776.6cm
マドリード、レイナ・ソフィア美術館

1937年4月、ナチス軍の空爆を受けたスペインの町ゲルニカをテーマにした、泣く子も黙る名作。同年夏のパリ万博のスペイン共和国パビリオンに設置された。ピカソの遺志によってずっとニューヨークで展示されていたが、フランコ政権崩壊後、スペインに返還された。

カ》〔40頁〕については、少し書いていますね。

宮下　当時MoMAにあった《ゲルニカ》のことは、さすがに無視できなかった。しかし、決して絵として評価しているわけではないです。しかも、この絵は抽象絵画ではなく、空爆による虐殺というはっきりした反戦的な主題を持っているので、わかりやすいんです。

井上　三島は抽象絵画は嫌いなんですね。《ゲルニカ》についても奇妙なことを言っている。つまり、人間の苦痛は無限に大きいので、どんな阿鼻叫喚も、その苦痛を表現するには足りない。表現可能な領域を超えた苦痛は、「静けさ」としてしか表現できず、その「静けさ」を《ゲルニカ》は捉え、その結果、見る者に「静けさ」の印象を与える、というのです。知識人なら《ゲルニカ》ぐらいちゃんと見ておかなければ、という気持ちが三島にあったかもしれませんが、そういうところから出発しても、常識的な見方とは異なる視点を、三島は打ち出してきますね。

宮下　なるほどね。ニューヨークで思い出しましたが、三島はダリが好きで、メトロポリタン美術館の《磔刑（超立方体的人間）》〔23頁〕、ワシントンのナショナル・ギャラリーにある《最後の晩餐》、ロンドンのテート・ギャラリーの《ナルシスの変貌》について、短い文章を残していますね。もっとも実見はしていないようですが。《磔刑》については、十字架はキュビ

© The Metropolitan Museum of Art/Art Resource, NY

黄金の5
チャールズ・デムース
1928年
油彩、紙　90.2×76.2cm
ニューヨーク、
メトロポリタン美術館

デムースは都市をモチーフとしたアメリカのキュビスム的リアリスムであるプレシジョニズムの画家。この絵は友人のウイリアム・カルロス・ウイリアムズの詩“The Great Figure”からインスピレーションを得て描いた作品で、デムースの代表作。

ズム風、マリアはルネサンス風だと書いています。しかし、別にそんなことはなく、これは三島の自由な見方です。美術史的に言うと、ダリの晩年の宗教画は、アメリカのパトロンに受けようとして描いたということで評価は低い。それを好きだと表明するのは、ちょっと俗っぽいですが、そういう好みを公にすることを三島は厭わなかったんですね。

　そもそも近現代の美術の多くは、文学性や主題が払拭されて造形性が表面化したものですが、三島はこうした純粋な美術にはほとんど関心を示さなかったのです。ピカソの《ゲルニカ》やダリの絵のように主題が顕著でわかりやすい作品にしか興味を抱かなかった。三島は『アポロの杯』で、「絵画は十九世紀中葉の浪曼派時代まで文学とはつきり袂《たもと》を分つにいたっていない。絵画が文学に訣別し、純粋絵画を志すにいたったのは、周知のとおり印象派以後のことであるから、私は印象派について語ることを文学者として潔しとせず、剰《あまつさ》え勝手に去って行った女房を追懐するような真似はしまいという、滑稽な亭主の威厳の如きものを、保ちたいと考えているのである」と書いています。

　ただ、白樺派から小林秀雄にいたるまで、日本の文学者がゴッホやセザンヌを熱烈に賛美して批評してきたことを思うと、三島のこうしたスタンスは特異だといえるでしょう。セザンヌや抽象絵画のように、主題よりも造形性が前景化したモダニズムの美術を、三島は文学と袂を分かったものと見なし、その批評は文学者の任ではないとしていますが、本来、文学性などとは無縁の純粋な造形美を言葉で表現することこそが美術批評なんです。だから、三島は自ら、文学臭のない美術を分析する能力も興味もないと表明していることになるんですね。★

ボルゲーゼ美術館 Galleria Borghese
Piazzale del Museo Borghese, 5 Roma
06-8413979
http://www.galleriaborghese.it/borghese/it/default.htm
撮影＝宮下規久朗
三島が滞在したホテル
ホテル・エデン Hotel Eden
Via Ludovisi, 49 00187 Roma
06-478121 06-4821584
http://www.edenroma.com/
HOTEL EDEN
撮影＝井上隆史
ローマ国立博物館（マッシモ宮）*
Museo Nazionale Romano
(Palazzo Massimo alle Terme)
Largo di Villa Peretti, 1 Roma
06- 39967700
http://www.romeguide.it/palazzomassimo/palazzomassimoalleterme.htm
撮影＝平松玲
カピトリーノ美術館 Musei Capitolini
Piazza del Campidoglio ,1 00186 Roma
06-39967800
http://www.museicapitolini.org/
撮影＝青木登
Piazza di Siena
ボルゲーゼ公園
Villa Borghese
馬術競技場
Galoppatoio
Ple . Brasile
Via Pinciana
Via Vittorio Veneto
Villa Torlonia
Via Nomentana
BOLOGNA
LINEA-B
地下鉄B線
Piazza Galeno
Pza. Salerno
Via G. B. Morgagni
Via Catania
Piazzale delle Province
Viale del Policlinico
POLICLINICO
CASTRO PRETORIO
リニタ・デイ・モンティ聖堂
inità dei Monti
イン広場
za di Spagna
Via L. Bissolati
BARBERINI
サンタ・マリア・デリ・アンジェリ聖堂
Santa Maria degli Angeli
Piazza d. Repubblica
Piazza dei Cinquecento
REPUBBLICA
4つの噴水
Quattro Fontane
オペラ座
Teatro dell'Opera
テルミニ駅
STAZ. TERMINI
TERMINI
レヴィの泉
ontana di Trevi
Via d. Quirinale
Piazza d. Quirinale
Via Nazionale
Via Milano
Piazza d. Esquilino
Via Marsala
Viale Pretoriano
Via Napoleone III
Via Giovanni Giolitti
Via C. Alberto
Via Cavour
ネチア
Largo Magnanapoli
CAVOUR
Via Giovanni Lanza
Via dei Marsi
Piazza Vittorio Emanuele II
VITTORIO EMANUELE
マヌエレ2世記念堂
numento a Vittorio
anuele II
Via Leonina
Via Madonna dei Monti
Via dei Fori Imperiali
市庁舎
al. Senatorio
トラヤヌス浴場
Terme di Traiano
Via Merulana
Via Machiavelli
Via Nino Bixio
フォロ・ロマーノ
Foro Romano
COLOSSEO
コロッセオ
Colosseo
Via Labicana
サン・クレメンテ聖堂
Basilica San Clemente
Viale Manzoni
Via S. Quintino
MANZONI
Via Celio Vibenna
Via Claudia
Via Emanuele Filiberto
Pza. di S. Giovanni in Laterano
V.D. Fontana
ルコ・マッシモ
Circo Massimo
Via di S. Gregorio
サンティ・ジョヴァンニ・エ・パオロ聖堂
Santi Giovanni e Paolo
ラテラノ宮殿
Palazzo del Laterano
Piazza di Porta Capena
Via d. Navicella
Via dell'Amba Aradam
S. GIOVANNI
Via Appia Nuova
CIRCO MASSIMO
Viale d. Terme di Caracalla
Piazza di Porta Metronia
Via Magna Grecia
Piazza dei Re di Roma
RE DI ROMA
Viale Aventino
Via Aventina
Via Druso
Via Gallia
Via Cerveteri
Piazza Tuscolo
地下鉄A線
カラカラ浴場
Terme di Caracalla
Via Etruria
PONTE LUNGO
LINEA-A
Viale Guido Baccelli
Via Alfredo Baccarini
Giotto
Marco Polo
スティエンセ駅
AZ. OSTIENSE
Via Latina
N
0 500m
map design：網谷 貴博＋村大 聡子 (atelier PLAN)

*三島が訪れたのはテルミニ駅近くの通称「テルメ」という国立博物館だったが、現在、同館は閉鎖され、その収蔵品はマッシモ宮とアルテンプス宮に移されている。
ローマ国立博物館（アルテンプス宮）*
Museo Nazionale Romano (Palazzo Altemps)
Piazza S. Apollinare, 46
06–39967700
http://archeoroma.beniculturali.it/MNRAltemps/
ヴァチカン美術館 Musei Vaticani
Viale Vaticano Roma
06-69884676 06-69883145
http://mv.vatican.va/2_IT/pages/MV_Home.html
撮影＝青木登
ヴェネチア宮美術館
Museo Nazionale del Palazzo di Venezia
Via del Plebiscito, 118 Roma
06-699941
Copyright : Fototeca ENIT
Photo by : Sandro Bedessi
ヴァチカン市国
CITTÀ DEL VATICANO
サン・ピエトロ大聖堂
Basilica di San Pietro
サン・ピエトロ広場
Piazza San Pietro
ヴァチカン駅
STAZ. VATICANA
サン・ピエトロ駅
STAZ. S. PIETRO
トラステベレ駅
STAZ. TRASTEVERE
CIPRO-MUSEI VATICANI
地下鉄A線
LINEA-A
VALLE AURELIA
FLAMINIO
Ple. degli Eroi
ポポロ広場
Piazza del Popolo
アウグストの霊廟
Mausoleo di Augusto
カヴール広場
Piazza Cavour
サンタンジェロ城
Castel S. Angelo
ナヴォナ広場
Piazza Navona
パンテオン
Pantheon
Pza. d. Rotonda
Ponte Reg. Margherita
Ponte Cavour
Ponte Umberto I
Ponte S. Angelo
Ponte Vittorio Emanuele II
Ponte Principe Amedeo
Ponte G. Mazzini
Ponte Sisto
Ponte Garibaldi
Ponte Fabricio
Isola Tiberina
Ponte Sublicio
テヴェレ川
Fiume Tevere
Parco Gianicolense
Piazzale G. Garibaldi
サンタ・マリア・イン・トラステヴェレ聖堂
Santa Maria in Trastevere
サンタ・チェチリア・イン・トラステヴェレ聖堂
Santa Cecilia in Trastevere
Piazza di Porta Portese
ドリア・パンフィーリ公園
Villa Doria Pamphilj
Piazza R. Pilo
Via Aurelia
Via Candia
Via Crescenzio
Via dei Coronari
Corso Vittorio Emanuele II
Corso del Rinascimento
Via della Lungara
Viale di Trastevere
Via di S. Pancrazio
Viale delle Mura Aurelie
Via Vitellia
Viale dei Quattro Venti
Via Giacinto Carini
Via di Donna Olimpia
Circonvallazione Gianicolense
Viale dei Colli Portuensi
Via Trionfale
Via Andrea Doria
Viale delle Medaglie d'Oro

『アポロの杯』ローマ地図

［右］三島由紀夫邸外観。玄関正面側　撮影＝秋田満（1982年）

［左頁］新築自宅玄関前にて。昭和34（1959）年

Column,01

Ugly Victorian——三島由紀夫の家

　昭和二十六年末からの世界旅行に続き、三十二年にも世界旅行に出かけた三島は、ニューヨークでugly Victorianと呼ばれる室内装飾に親しんだ。醜いヴィクトリア朝様式——。それは、十九世紀に残存していたバロック趣味の最後の開花であり、色彩のあくどいゴテゴテ趣味なのだが、「私ごとき極東の田舎者の目には、それがuglyに映らなかったのである」（「オウナーの弁―三島由紀夫邸のもめごと」）。

　その魅力のとりこになった三島は、帰国後の昭和三十四年、大田区馬込にugly　Victorian、あるいは「ヴィクトリアン王朝のコロニアル様式」の新居を構える。

　設計は鉾之原《ほこのはら》捷夫《はやお》。三島の希望を聞いた鉾之原が、「よく西部劇に出て来る成り上り者のコールマンひげを生やした金持ちの悪者が住んでいるアレですか」と言うと、三島は即座に「ええ悪者の家がいいね」と答え、それで鉾之原は「私は完全に敗北して、本気でやって見ようという気持になった」（「設計者の弁―同上」）という。

　生涯に四度の世界旅行を含めたびたび海外に出かけた三島は、南欧やラテンアメリカの建築、室内装飾にも魅せられ、気に入った家具や装飾品などを現地で買い込んだ。昭和三十六年一月にローマの名匠ジョヴァンニ・アルディニのアトリエで作成依頼したアポロ像も、半年後に日本に届いて前庭《アプローチ》に設置された。その足下には黄道十二宮の大理石のモザイクが埋め込まれている。★

[右頁]イタリアで特注した大理石のアポロ像の立つ庭。700kg もあり、設置には 20 人の人手を要した。像を取り巻くのは同じく大理石の黄道十二宮。
[左頁]階段の手前は〝第 1 居間〟。吹き抜けになっており、ロココの椅子、インドで誂えた大理石モザイクのテーブルが配されている。右手の壁には金ぴかのスパニッシュ・バロックの額、階段途中にはお気に入りの海景画、階段下には重厚なサイド・テーブルが。
撮影=垂見健吾（1985 年）

1 愛蔵のカフス類。
2 海外で求めたカウベル。
3 玄関に飾られた太陽型の鏡。壺は義父である日本画家・杉山寧からの贈り物。
4 壁から天井へ〝ジャックと豆の木〟の絵が描かれた子供部屋は、書庫に転用していた。
5 愛用の文具類が並ぶ書斎のスチール製デスクは当時目新しく、大変気に入っていたという。タバコはもっぱらショート・ピース。
6 エキゾチックな小物の並ぶ飾り棚。
7 ピアノが置かれた２階の〝第２居間〟もロココ風の調度で統一。
8 １階ダイニング。

撮影＝篠山紀信（1、6／1995年）、垂見健吾（他すべて／1985年）

4

6 5
8 7

1 玄関壁面には闘牛図の彩色陶板が。
2 庭から一段降りた一画の“エジプト風ベンチ”は三島が自らデザイン。肘掛がスフィンクス像になっている。
3 増築した3階の望廊。
撮影＝垂見健吾（1985年）、新潮社写真部（3）

［左頁］書斎壁面にあった小写真額。1969年。
撮影＝篠山紀信（1995年）

Chapter 1

第二部 三島と読み解く西洋美術史

サロメ

オーブリー・ビアズリー　部分（全図は119頁）

AKG/PPS通信社

三島由紀夫が愛した美術は、教科書的な美術史とは異なる独特の系譜を形作っている。美しい青年像やワトー、「サロメ」、デカダンス趣味の作品群などである。

そして一連の「聖セバスチャン像」。いったい聖セバスチャンとは何者であったのか。西洋美術史におけるその多様な実態と、三島文学の「豊饒の海」に迫る。

Figures of the Youth

青年像

「西洋美術史から青年像を八点選べ。しかもなるべく常識的な選択でなく」といふことになると、いかにも楽な選択のやうに思はれ、ミケランジェロの「ダヴィデ」やロダンの「青銅時代」のやうな、誰でもすぐ選びさうなものを除外しても、選択は立ちどころにできさうに思はれた。

　ところが、これが案外難物なのである。青年といふものは、古典期の彫刻の素材としては実に頻繁に用ひられたが、それにはそれなりに、青年を重んずる古代文化の背景があり、その後、美術史上の「青年の時代」といふほどの決定的なものはない。大体、円滑な女性の肉体は色彩を伴つて絵画に適し、男性の肉体は造型の厳しさによつて彫刻に適するといふのが当り前の考へだが、青年像の盛衰は、彫刻芸術の盛衰と関係があることは確かにしても、それだけではない。

　美や理想を表現する素材として、どうしても青年の肉体を借りなければならぬといふ強い要求なり必然性なりがなければ、よき青年像はあらはれにくい。これに反して、文学では、青年像は枚挙にいとまないほどであり、むしろ少年像、中年像、老年像を選ぶはうが難かしいのである。

瀕死の奴隷
ミケランジェロ　部分（全図は58頁）
パリ、ルーヴル美術館
撮影＝松藤庄平

1 闘志

この有名な傑作については、今更喋々《てふてふ》するまでもあるまい。

円盤投げの準備動作のそのままの写実のやうだが、これほど青年の闘志が優雅に表現されたことはなかつた。ゆたかな自信にあふれ、完璧なフォームを描きながら、

眼も四肢《しし》もすべてが自分の投げようとする円盤に集中してゐるさまは、青年の闘志が自己放棄と結びついてゐるときに最も美しいといふことを暗示してゐる。この青年に、かくも優雅で美しい姿勢をとらせてゐるものは、思想でもなければ夢でもない。一個の手ごたへのある円盤なのだ。この世界の中で、一個の目的ある円盤と、みごとな肉体とを、二つながら所有してゐる青年の幸福は完全である。そしてその幸福のなかに静かに漲《みなぎ》つてゐる闘志が、この世界で最も幸福な青年を、世界で最も青年らしい青年にしてゐるのである。

円盤投げ

ミュロン原作　原作は前450年頃
大理石　高155cm　ローマ国立博物館　撮影＝平川嗣朗

1781年にローマで発掘された。ギリシア古典期の彫刻家ミュロンの原作がローマで忠実に模刻されたものと考えられる。激しい動きに応じた人体各部の変化や筋肉の緊張がきわめて正確に捉えられているが、全体のポーズは表現力のあるものにすべく調整されている。

2 勝利

かつてデルフォイの美術館で、この像に対面したときの感動は忘れがたい。下半身が長すぎるやうに見えるのは、そこを隠してゐた車駕が、今は失はれたからである。いふまでもなく、車駕競走の勝利者の像である。

デルフォイの馭者
前478〜474年　高180cm
デルフォイ考古博物館　撮影＝野中昭夫

アポロンの聖地デルフォイから出土した。同時に発見された台座には、シチリアの僭主ポリュザロスがピュティア競技会の戦車競争に勝利したことを記念し、紀元前474年にアポロンに奉納したものだと記されていた。左手は失われ、右手に手綱が残っているが、当時の高度な鋳造技術を示す傑作。

チャリオティアーの英雄視は、後代、ローマの闘技士時代にまで保たれてゐた。ローマでは、人気高いチャリオティアーが競技中に死ぬと、その火葬の焔に身を投げて後を追つたファンがゐたほどである。

それは余談だが、このデルフォイの馭者像で、私がもつとも搏《う》たれるのは、勝利に傲《おご》らぬ青年の謙虚な晴れやかさである。その凜々《りり》しい澄んだ目は決意を秘めてゐるが、彫刻家は、競技中の緊張のこの集中、この澄んだ独楽《こま》のやうな集中のみが、真に勝利をモニュメンタルなものにし、青春を不朽なものにすることを知つてゐたのであらう。

3 苦悩

中世の桎梏《しっこく》を脱しようとして苦しむ若きルネッサンスの象徴として知られてゐる、このミケランジェロの傑作は、青年の超脱的な苦悩とその敗北の悲劇的な運命とを、いつの時代にも妥当するやうに造型してゐる。

ここでは、青年の苦悩が真向からとらへられてをり、深い精神的苦悩が、たとへばラオコオンのやうに、直ちに肉体的苦悶として表現されてゐるのではなく、死を前にしてたゆたふ生の憂はしい不安な倦《だる》さといふ感じにあらはされてゐる。しかし顔の表情は、平静で、覚悟に充ち、肉体はほとんど無意識に身悶《みもだ》えしてをり、しかもその全身には不安と苦痛の音楽的律調といふものさへ感じられる。内的な力強い苦悩が、外的にはものうい優雅な不安に化してゐる。

青年の苦悩は、隠されるときもつとも美しいといふことをこの像は語つてゐるやうに思はれる。形は裸像だが、これほど深く何かを秘し隠してゐる青年像はめづらしい。

瀕死の奴隷

ミケランジェロ　1513年　大理石
高209cm　パリ、ルーヴル美術館　　撮影＝松藤庄平

ミケランジェロがライフワークとなったユリウス２世墓廟のために彫ったいくつもの奴隷像のひとつで、ルーヴルにある２体以外はすべて未完成となった。奴隷像は、ユリウス２世によって教皇の支配下に入った領国を表しているが、肉体から逃れ出ようとする魂を表現しているようだ。

手袋をもつ男

ティツィアーノ　1520-22年頃
油彩、カンヴァス　100×89cm
パリ、ルーヴル美術館

理知的で生気にあふれた貴公子は、ジェノヴァのヴェネチア大使やマントヴァ公代理人など様々な説があるが、不明である。抑制された色彩と手の作りだすポーズによって画面が見事に統一されており、ティツィアーノの初期の代表的な肖像画。

4 理智

ティツィアーノのこの肖像画は、どうしてこれほどまでに有名なのだらうか。私は、女性像としてのモナ・リザと反対に、青年の肖像画として、青年の理智的な明晰さ、全く謎を持たない深みを、これほど豊かに描いた肖像画はないからだらうと考へる。

この貴族的な青年の、前髪に隠された白皙《はくせき》の額、知的な澄んだ瞳は、彼を、およそ北方的な晦渋《くわいじふ》な瞑想とは縁のない、ラテン的な明るい柔軟な理智の化身のやうに見せてゐる。静かに青年は何かをじつと見つめてゐるが、見つめてゐるのは彼の内部に決つてをり、しかもその内部は暗黒な謎に充たされた混沌《こんとん》ではなくて、鏡の中の彼自身の像を見るやうに、ちやんと形の整つた内面なのだ。この青年には魂の疾風怒《しつぷうど》濤《たう》はあるまい。あるのは、正しく組み立てられた構造的な人間理性と、それから、やや冷たい感情だけなのである。

5 悲壮

数ある聖セバスチァンの殉教図の中から、人にあまり知られてゐないこの一枚を選んだのは、このセバスチァンに限つて、ローマ兵士の粗野な骨格に、「何糞ッ」といひたげな不屈な表情を持してゐるといふ点で、甚だ異色なものだからである。聖セバスチァンは、豊麗な美青年の肉体と、法悦と恍惚の表情を以て描かれるのが普通である。

しかし、現世的な悲壮さの表現としては、このセバスチァンは、死に臨んでも屈しない青年の意気をよくあらはして、必ずしもセバスチァンでなくてもよい、理想に殉じて殺される青年の悲壮美を代表してゐる。思へば、精神的な崇高と、蛮勇を含んだ壮烈さといふこの二種のものの結合は、前者に傾けば若々しさを失ひ、後者に傾けば気品を失ふむつかしい画材であり、現実の青年は、目にもとまらぬ一瞬の行動のうちに、その理想的な結合を成就することがあるが、美術的表現はそのどちらかへ傾きがちだ。

聖セバスティアヌス
ルドヴィコ・カラッチ
1600年頃　油彩、カンヴァス　156×113cm
ローマ、ドーリア・パンフィーリ美術館

ルドヴィコはボローニャ派の祖のカラッチ一族のうち最年長で、グイド・レーニの師であった。舞台を見上げるように低い視点で捉えられているが、こうした仰視法をルドヴィコは得意とした。ティツィアーノの作品（94頁）、あるいは、その源泉となったミケランジェロの《反抗する奴隷》の影響が看取できる。

バッカスの勝利
（酔っ払いたち）

ベラスケス
1627年　油彩、カンヴァス
165×225cm
マドリード、プラド美術館

若者の酒神バッカスが入信者に葡萄の蔓を被せようとしている情景を扱った神話画ではあるが、スペインの民衆の姿が野卑なまでに生き生きと描写され、画家が宮廷画家になる以前にセビーリャで培った写実主義が遺憾なく発揮されている。フェリペ４世の夏の寝室に掛けられていた。

6 安逸

今までの五枚には決してあらはれてゐなかつた青年の別の側面、すなはち、安逸、遊惰、快楽に耽溺《たんでき》して、しかも勝利に充足してゐる青年像がここにある。

そこには精神的なもの（精神の北方的なもの）はみぢんもない、肉、生、快楽、の充溢《じゅういつ》の裡にある青春が描かれてをり、青春が青春自身に充ち足りて、時計の針もとまり、時は永遠に明るい午後にたゆたひ、生は完全に蕩《たう》尽《じん》されてゐる。目は何ものも語らず、腹はたるみ、しかし青年の力は、無限につづく快楽を片つぱしから呑み干してしまへるほどに強い。だから人々はこの青年のまはりに拝跪《はいき》して、きづたの葉の冠をかぶせてもらひ、永遠にバッカスにあやからうと念じてゐるのである。

7 英雄

　もし「英雄」といふ題を与へられて、架空の英雄の肖像画を描け、といはれたら、画家はどんなに困惑するだらう。英雄は必然的に有名であり、すでに人々が彼について既成概念と伝説を作つてをり、さうして作られた英雄像に影響されて、又、後代の英雄が出てくるのであるから、肖像画家は、できあがつた英雄のモデルを理想化して描けば、それで「英雄」を描いたことになる。アレキサンダー大王は、アキレスを自ら模して、英雄アキレスたらんとした英雄だつた。

　しかしこのナポレオンの肖像画には、青年としての英雄の、不安と情熱と悲劇的運命がみごとに浮彫りされてゐる。そのとき肖像画は予言的な力を持つのである。もしこれを、一人の英雄の肖像画としてでなく、一人の青年の肖像画として眺めるなら、そこには若いロマンチック詩人の心の霧のやうな不安が忽《たちま》ち立ちこめてくるにちがひない。

ナポレオン・ボナパルトの肖像

ジャック=ルイ・ダヴィッド 1797年
油彩、カンヴァス 81×65cm
パリ、ルーヴル美術館

後にナポレオンの宮廷画家となるダヴィッドが初めて描いたナポレオン像。1797年末、ある祝賀会でダヴィッドはナポレオンに肖像画制作を申し出、ナポレオンはルーヴル宮殿内にあった画家のアトリエにやってきて3時間ほどモデルとなった。このとき描かれたこの作品は、28歳の軍人の高揚感や野望を見事に捉えている。

8 憂鬱

青年のメランコリー、その背後に迫る死の影によつて、却《かへ》つて微光を放つやうにみえる青春……、モローはかういふ青年像を数知れず書いた。その青年像は、白蠟のやうに美しく、しかも青年特有の野蛮な力を悉《ことごと》く抜き取られてゐる。若いジェリコオ、好きな乗馬のため落馬して死んだジェリコオをモデルにしたと云はれるこの青年像は、以上の八枚のうちでも、もつとも不吉、もつとも薄命な青年像と云へるであらう。

それは又、薄明のうちにあらはれ、朝の光りと共に掻《か》き消された暁《あけ》の明星のやうな、世紀末芸術の一時代の運命をも暗示してゐる。そのころには、まだロマンチックの余映の蒼《あを》ざめた青年たちが生きてゐた。その青年たちは死んだ。そしてそのあとから、元気な、血色のよい、しかし芸術に興味を持たない、新らしい実務的な時代の青年たちが登場して来たのである。

初出　「青年像」／『蘭陵王』（昭和46年5月　新潮社）より
「三島由紀夫の選んだ青年像」芸術新潮　昭和42年2月号

若者と死

ギュスターヴ・モロー　1881年
水彩・黒チョークほか、紙　36×22.8cm
パリ、ルーヴル美術館素描版画部

自ら金色の月桂冠を被せる自信に満ちた若者は黄泉の花である黄水仙を持ち、その背後には、剣と砂時計を手にした「死」の擬人像が近づいている。若者からは魂を表す鳥が飛び去り、その足元にはアモールが消えそうな生命の松明を吹いている。青年はジェリコーではなく、モローの友人であり師でもあった画家シャセリオーの面影を宿しており、37歳で夭折した彼を悼むために描かれた。

Watteau

ワットオ「シテエルへの船出」

この「シテエルへの船出」にも、描かれてゐるのはいつも同じ黄昏、同じ樹下のつどひ、同じ絹の煌《きら》めき、同じ音楽、同じ恋歌でありながら、そこにはおそろしいほど予感と不安が欠け、世界は必ず崩壊の一歩手前で止まり、そこで軽やかに休らうてゐるのである。

何か厳然たる快楽の法則めいたものが、これらの絵の背後には控へてゐる。私がさつきワットオの「透明な観念世界」と云つたのはそのことだつたが、そこに描かれた快楽は予定調和のやうなものを持つてをり、後にラクロが悪徳小説を成立させた同じ場所で、ワットオは破滅へ急ぐ心理の運動を放擲《ほうてき》して、別の全く可視的な、光が空気そのものをさへありありと見せる小世界を打建てた。

のちの古典主義や浪曼主義絵画には、必然が露呈され、画面は必然的に終結してゐる。そこには悲劇の結末であれ、幸福な結末であれ、演劇的な帰結がある。しかしワットオの画面には、いつも偶然に支配された任意の或る瞬間が定着され、すべてはさだめなくたゆたひ、当然また、人生の関心は任意の些事《さじ》に集中され、主題は恋の戯れの他《ほか》のものを追はないのである。決して終らない音楽、決して幻滅を知らない恋慕、この同じやうな二つのものは、前者が音楽の中にしか存在せず、音楽そのものによつてしか成就されないやうに、後者も情念の或る瞬間にしか存在せず、その瞬間の架空の無限の連鎖のなかにしか成就されない。かういふものが、ワットオのゑがいたロココの快楽であり、又快楽の法則だつたやうに思はれる。

セザンヌの描いた林檎は、普遍的な林檎になり、林檎のイデエに達する。ところがワットオの描いたロココの風俗は、林檎のやうな確乎たる物象ではなかつた。彼はそのあいまいな対象のなかから、彼の林檎を創り出さなければならぬ。ワットオの林檎は、不可視の林檎だつた。

実際この画家の、黄昏の光に照らし出された可視の完全な小世界は、見えない核心にむかつて微妙に構成されてゐるやうにも感じられる。この画家の秘められた企てに、画中の人物は誰一人気づいてゐない。気づかれないほどに、それほど繊細に思慮深く、画家の手は動いたのだ。その企図がわづかながらうかがはれるのが「シテエルへの船出」なのである。

黄金の靄の彼方に横たはる島には、(ワットオを愛する者なら断言できるが)、おそらく幻滅やさめはてた恋の怨嗟《ゑんさ》は住んではゐず、破滅の前にこの小世界をつなぎとめた鞏固《きようこ》な力が、おそらくその源を汲む不可思議な泉の喜悦が住ひ、確実なことは、その島に在るものが、「秩序と美、豪奢《おごり》、静けさ、はた快楽《けらく》」の他のものではない、といふことである。

「ワットオの《シテエルへの船出》」／『小説家の休暇』(昭和30年11月 講談社)より
初出「ワットオ《シテエルへの船出》」芸術新潮 昭和29年6月号

シテール島への船出

ジャン=アントワーヌ・ワトー　1717年
油彩、カンヴァス　129×194cm
パリ、ルーヴル美術館

南ギリシアにあるシテール（キュテラ）島は、愛の女神ヴィーナスが生まれて流れ着いたことから愛の島とされ、そこを訪れるカップルは愛が成就するとされた。美しい田園の中で男女が語らう情景を描くこうしたジャンルをフェート・ギャラント（雅宴画）というが、これを創始したワトーは、この絵によって王立アカデミーの正会員となった。

Talk about Mishima

Part 2

〔対談〕

ロココの世界への憧れ

宮下　三島の美術評論は、彼の個性がよく現われていて実に面白いですね。

井上　もっとも代表的なのは「ワットオの《シテエルへの船出》」（「芸術新潮」昭和二十九年六月号）でしょうか。美と愛の神アフロディテが西風の神ゼピュロスによって運ばれたとされるシテール島への「愛の巡礼」を描いたこの絵［66〜67頁］は、ロココ美術の傑作ですね。

宮下　《シテール島への船出》論は三島の美術評論の中で、一番長いものではないでしょうか。

井上　そうですが、最近の研究では、この絵は「シテール島からの帰還」を描いたものだというふうに解釈が変わったんじゃないですか？

宮下　いや、そうとは限りません。愛の島から帰って来てしまったら、お話は終わりじゃないですか（笑）。やはり、これから出かける方が絵になる。三島はこの評論の中でワトーについて、「いつも偶然に支配された任意の或る瞬間が定着され、すべてはさだめなくたゆたい、当然また、人生の関心は任意の些事に集中され、主題は恋の戯れの他のものを追わないのである」と評しています。これは三島の好む落日や終焉の美の世界へのオマージュといえましょうが、同時にワトーの本質を突いた見事な評論で、三島の感性と美意識の確かさを示すものだと思います。

　第一部でも触れましたが、ロココとは、ちょうど芝居がそのまま外に出たような、現実を描いていながらすべてが舞台の上であるような世界です。三島はこういう世界に、純粋に絵画として強く惹かれていますね。ところが、三島は同じ評論の中で、ジェリコーの《メデューズ号の筏》は芝居がかっていて不快だと言っています。筏に乗った人たちが、助けを求めて手を振っている有名な絵ですが、ジェリコーはカラヴァッジョの強い影響を受けた画家なんですよ。

井上　カラヴァッジョやジェリコーの明暗の対比や大胆な構図は、生々しいという意味でリアルなんですね。しかし、三島に言わせれば大仰過ぎる。逆にワトーの絵や、第一部で触れたミュロンの《円盤投げ》〔56頁〕や《棘を抜く少年》〔36頁〕などは、芝居じみていたり様式化されていたりするように見えるけれど、三島はかえってそこに裸の生が溢れているのを感じたわけですね。

八点の青年像

宮下　それから、三島の美術評論のなかで見逃せないのは「青年像」（「芸術新潮」昭和四十二年二月号）ですね。

井上　これは「芸術新潮」の企画で、西洋美術から八点の青年像を選びコメントを付けたものです。本書の第一部でも、《円盤投げ》（闘志）とデルフォイ考古博物館の《馭者像》（勝利）〔39、57頁〕について触れました。

他の六点についても順次見てゆきましょうか。

宮下　「苦悩」と題してミケランジェロの《瀕死の奴隷》を挙げています〔54、58頁〕。ミケランジェロの天井画には興味のなかった三島ですが、この奴隷の彫刻については高く評価している。ルーヴル美術館にあります。

井上　苦悩が直接現われず、むしろ隠されている点に、三島は注目しているようですね。ただ、三島がこれを実見したかどうかわかりません。

宮下　ルーヴルで、この瀕死の奴隷にまで辿り着くのは並大抵のことじゃないですよ。たいていの人は、ミロのヴィーナスを見つけたあたりで力尽きてしまう（笑）。三島も実際には見てないかもしれません。

井上　次は、やはりルーヴルにあるティツィアーノの《手袋をもつ男》〔59頁〕。「理智」と題されています。三島は理知的な明晰さに惹かれたんでしょうか。

宮下　ベラスケスの《バッカスの勝利》〔61頁〕はカラヴァッジョ的なリアリズムの絵ですが、三島はこの絵については「安逸」というタイトルを与えています。画面で目をひく酔っぱらいたちではなく、冠を授ける青年のちょっと冷たい表情に、三島は惹かれたのかもしれません。それから、ダヴィッドの有名な《ナポレオン・ボナパルトの肖像》〔62頁〕。「英雄」というタイトルを付けていますが、単なる力強さではなく、不安と情熱と悲劇的運命が浮き彫りされているという指摘が印象的です。

井上　あと二点残っていますが、ルドヴィコ・カラッチ（1555～1619）の《聖セバスティアヌス》〔60頁〕とギュスターヴ・モローの《若者と死》〔63頁〕ですね。それぞれ「悲壮」と「憂鬱」と名づけられています。

宮下　この二点は、セバスチャン像に対する偏愛とデカダンス趣味という、三島の美術愛好を語る上で極めて重要な二つのテーマにつながりますので、これから少し立ち入って考えてみたいと思います。★

薔薇刑

撮影＝秋田満

昭和38年3月刊、限定1500部。自らモデルを務めた写真集として、序文も寄せている。「細江氏のカメラの前では、私は自分の精神や心理が少しも必要とされていないことを知った。それは心の躍るような経験であり、私がいつも待ちこがれていた状況であった」

美の襲撃

撮影＝青木登

昭和36年11月刊、刊行の2ヵ月前、三島自身の指名により写真家・細江英公がカバー・口絵の写真を撮影した。撮影助手は森山大道。これが後に下の『薔薇刑』に発展する。指名の理由は、細江撮影の舞踏家・土方巽の写真を、三島がいたく気に入っていたため。

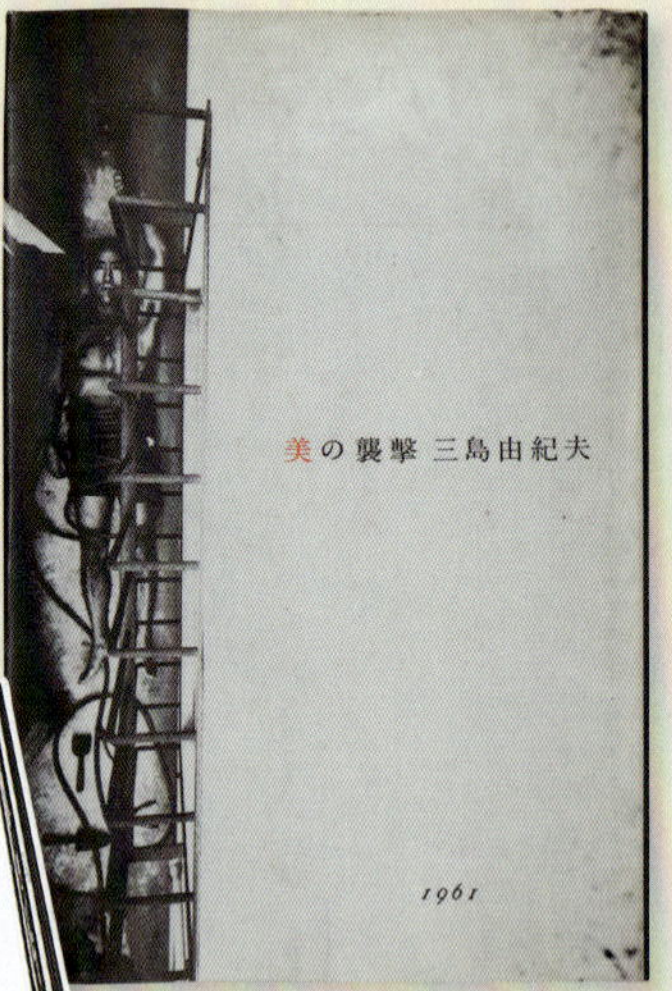

Column, 02

本造りのたのしみ

三島特有の美へのこだわりは、自著の造本や装幀にも現われている。

ダヌンツィオの戯曲『聖セバスチァンの殉教』（昭和41年9月、美術出版社）の函は、デューラーの銅版画の中央を黒く抜いて、そこにセバスチャンの彫像が横たわるデザインだが、これを考えたのも三島本人である。評論集『美の襲撃』（昭和36年11月、講談社）では、三島の強い意向で写真家の細江英公にカバー（および口絵）写真、装幀を委ね、これをきっかけに細江による三島の写真集『薔薇刑』（昭和38年3月、集英社）が生まれた。

講談社の三島担当編集者だった川島勝が新しい出版社（牧羊社）を始めると、三島は『岬にての物語』（昭和43年11月）、『黒蜥蜴』（昭和45年1月）、『橋

岬にての物語

撮影＝筒口直弘

昭和43年11月刊の300部限定。総革、天金、本文用紙は特漉の鳥ノ子。挿絵と装幀を蕗谷虹児が担当した。「蕗谷虹児氏の作品は幼ないころから親しんで来たものであるが（中略）氏の画風ほど、この小説にふさわしいものはないと思われた」（「蕗谷虹児氏の少女像」）と三島は述べている。写真は限定著者本50部。

づくし』（昭和46年1月）といった限定版を牧羊社から刊行する。『岬にての物語』では三島の希望で蕗谷虹児の口絵、挿画が用いられ、蕗谷は装幀も担当した。『黒蜥蜴』は菱形に切った蜥蜴の皮を牛皮で囲む装幀だが、その一部は腹子の皮（牛の胎児の皮）を用いたもので、これは三島の母倭文重の希望による。『橋づくし』は江戸小紋四ッ目菱の表紙を三種類に染め分け、本文は特漉和紙の袋綴じ。倭文重の鮫小紋の着物を使用した特装本もある。

　他に、『鍵のかかる部屋』（昭和45年6月、プレス・ビブリオマーヌ）で銅版画による口絵、挿画を描いた古澤岩美、『豊饒の海』全四巻の装幀を担当した村上芳正（ただし『天人五衰』カバーは三島瑤子による）も、三島の好きな画家たちだった。★

黒蜥蜴

撮影＝青木登（上）、秋田満（右）

昭和45年1月刊の限定版は350部（右の紅本）で、天金（一番本は三方金）。350部のうち一部は腹子の皮によるベージュ色。上はその1冊で母・倭文重の旧蔵。三方金、花布は赤と黄（他にベージュで天金、花布が白の版もある）。紫色の著者本（限定50部、三方金）もある。

豊饒の海 全4巻

撮影＝秋田満

昭和44年1月～昭和46年2月刊。装幀は村上芳正（ただし、『奔馬』の墨跡は神風連・加屋霽堅の書、『天人五衰』のカバーは瑤子夫人による）。

橋づくし

撮影＝青木登（上）、秋田満（下）

上は特染め鮫小紋本。鮫小紋一反分につき 23 部限定。袱紗には平岡家家紋（丸に抱き茗荷）があしらわれている。左は限定 360 部のひとつ。いずれも昭和 46 年 1 月刊。

鍵のかかる部屋

撮影＝青木登

昭和 45 年 6 月刊、A 版は総革製で表紙に№のついた鍵が埋め込まれておりサイン入り限定 395 部、B 版はフランス装で限定 180 部（写真は A 版）。左は古澤岩美による銅版画口絵。幻想的でエロティシズム溢れる画風の古澤の作品展（昭和 43 年 12 月）に寄せた文中で三島は「氏の芸術世界は人間の生活の果の宇宙的寂寥にひたされ、しかも人間のみの持つ理知と情念の相剋に満ちている」としている。

Saint Sebastian

聖セバスチァン

美術史上、セバスチャンがはじめて身に纏《まと》つたものをかなぐりすてて裸体になるのは、その伝説上の死から実に千二百年後、十五世紀以来のことである。("Iconography of the Saints in Tuscan Painting" by George Kaftal)

聖セバスチァンは正にそこからはじまる。われわれの回想と夢が、歴史上の一時期にむかつて収斂《しうれん》され、そこに光りの束が生じて、その時点に一つの新らしい肖像画をはめ込むにいたる、集団的な精神の集中作用による創造の奇蹟がそこに起つた。もちろんあらゆる伝説には、その光りの暈《かさ》の中心に、何らかの現実に基づいた核があるにはちがひない。三世紀のディオクレチアヌス帝の時代には、殉教した若い近衛兵もあつたにはちがひない。しかし真珠が形成されたあとには、その核が永久に隠されてしまふやうに、セバスチァンの伝説は、その核のまはりに何度も塗り重ねられて層をなし、つひに十五世紀のルネッサンスにいたつて、旧態をとどめぬ燦然《さんぜん》たる形成を成就したのである。

それはすでに、若い、ゆたかな輝やかしい肉体、異教的な官能性を極端にあらはした美青年の裸体となつて生れ、さまざまな姿態で、あるひは月桂樹の幹に、あるひは古代神殿の廃墟の円柱に縛《いま》しめられ、あるひはローマ軍兵の兜《かぶと》や鎧《よろひ》をかたはらに置き、あるひは信女イレーネに涙を注がれ、

三島が自ら集めた聖セバスチャンの「名画集」。すべて三島由紀夫編『聖セバスチャンの殉教』より。
撮影＝青木登（この見開きすべて）

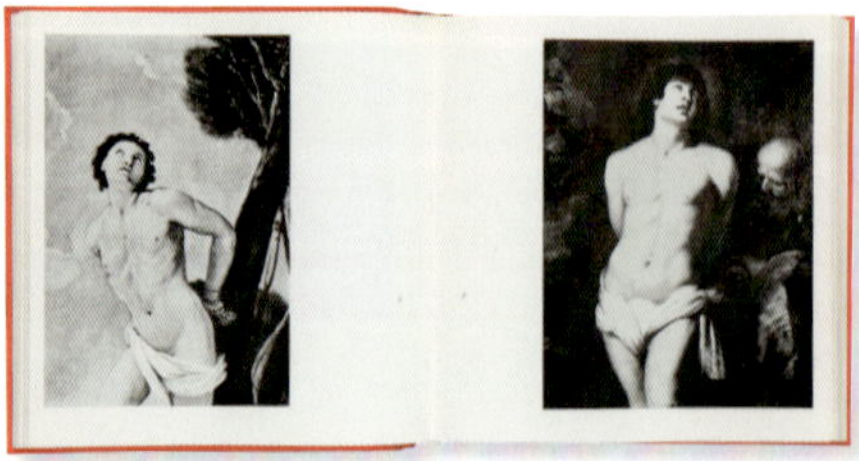

[右]ヴァン・ダイク
[左]グイド・レーニ　ボローニャ、国立絵画館

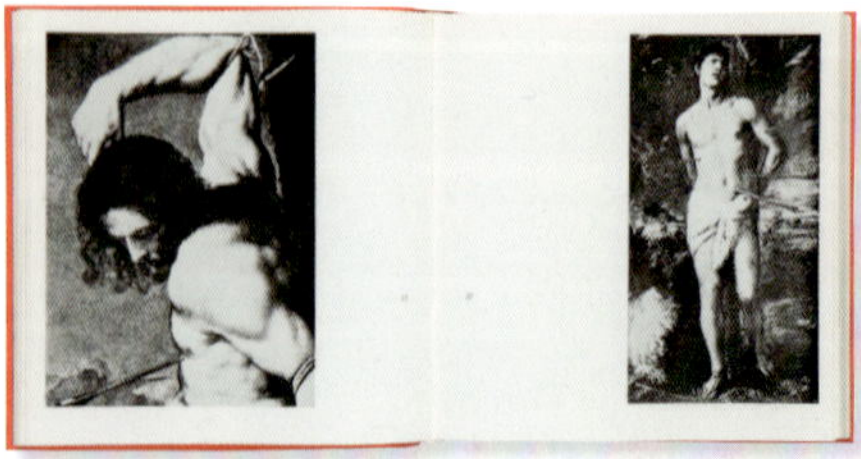

[右]ティツィアーノ　サンクト・ペテルブルク、エルミタージュ美術館
[左]ティツィアーノ　ブレーシャ、サンティ・ナザロ・エ・チェルソ聖堂

あるひは数本の矢、あるひは無数の矢を、その美しい青春の肉に箆深《のぶか》く射込まれて、ただ、死にゆく若者の英雄的な、又、抒情的な美の化身となり、瀕死《ひんし》のアドニスと何ら選ぶところのないものに成り変つてゐた。

セバスチァン伝説のうちにルネッサンス人が見出したものは、歴史の転回点に立つ人々が、同じく歴史の転回点にあつた古代世界の崩壊期の中に見出した、もつとも共感を呼ぶ共通の主題であつたといへる。それは共通の主題であると同時に、正に対蹠的な、黄昏《たそがれ》と黎明《れいめい》のやうにちがつた主題である。ただその光りの淡さだけが共感をそそるのだ。光りとは、人間性、肉体、官能性、美、青春、力、などの諸要素であり、ルネッサンスが復活しようとしたものは、正にキリスト教内部において、これらの異教的ギリシア的要素が窒息しはじめてゐた三世紀の、最後の黄昏の光りの中に、同じやうに見出された。セバスチァンの殉教は、二重の意味を持つてゐるかのやうであつた。すなはち、この若き親衛隊長は、キリスト教徒としてローマ軍によつて殺され、ローマ軍人としてキリスト教によつて殺された。彼はあたかも、キリスト教内部において死刑に処せられることに決つてゐた最後の古代世界の美、その青春、その肉体、その官能性を代表してゐたのだつた。

「あとがき」／『聖セバスチァンの殉教』（ガブリエレ・ダンヌンツィオ作 池田弘太郎・三島由紀夫共訳 昭和41年9月 美術出版社）より

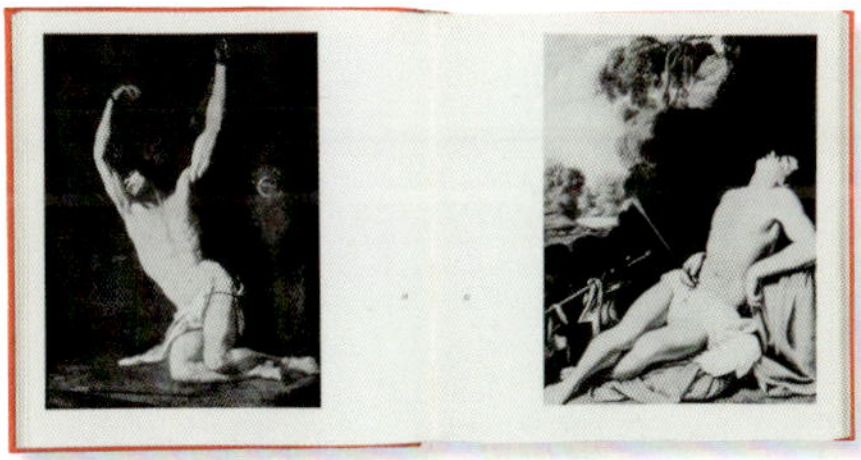

［右］カルロ・サラチェーニ　プラハ城美術館
［左］フセペ・デ・リベラ　ベルリン国立美術館

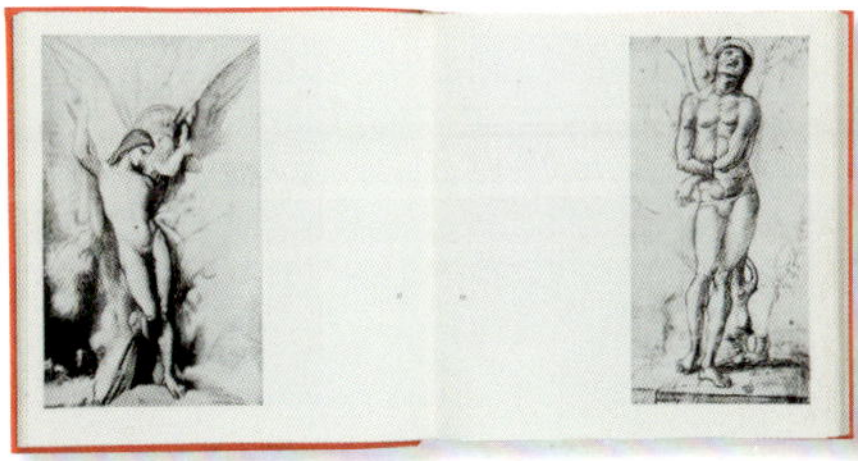

［右］モンターニャ　トリノ、パラッツォ・リール
［左］ギュスターヴ・モロー　パリ、モロー美術館

聖セバスティアヌス

グイド・レーニ　1615-16年頃
油彩、カンヴァス　146×113cm
ジェノヴァ、パラッツォ・ロッソ
AKG/PPS通信社

『仮面の告白』の冒頭に登場する名作。レーニはボローニャ派を代表する画家で、19世紀まではラファエロと併称されて名声をほしいままにしたが、20世紀になって個性に乏しい折衷派として価値を貶められ、三島が「二流」と記してしまうにいたった。近年では再評価が進み、近世のもっとも優れた画家として復権しつつある。

聖セバスティアヌス

グイド・レーニ　1615-16年頃
油彩、カンヴァス　128×99cm
ローマ、カピトリーノ美術館

ローマで三島が実見した作品。この作品のように殉教者やキリストが涙を浮かべて天を見上げて恍惚とする表情はレーニが流行させたとされる。この作品は右頁のジェノヴァの作品の後に作者によって描かれたレプリカであるとされる。

Talk about Mishima

Part 3

〔対談〕

聖セバスチャンとは何者か

井上　セバスチャンの殉教というテーマは、日本では三島由紀夫のおかげで広く知られるようになったと言えますね。三島はダヌンツィオの霊験劇『聖セバスチァンの殉教』（池田弘太郎との共訳。昭和四十一年九月、美術出版社）を翻訳していますが、その際には、自らの選択による殉教の名画集も併載しました。

宮下　本書ではその図版をできるだけたくさん掲げましょう。

井上　まず、そもそもセバスチャンというキリスト者はどういう人物だったのか、またこのテーマは西洋美術史の中でどういう描かれ方をしてきたのかといったことについて、少し解説してくれますか。

宮下　セバスチャンは、中世から非常に信仰を集めた聖人で、十九世紀末ぐらいには同性愛の守護聖人になった。オスカー・ワイルドも、ジェノヴァのパラッツォ・ロッソにあるセバスチャンの絵［76頁］について、かつて見た中で最も美しい絵だと語っています。ワイルドはまた男色を咎められて収監されますが、出獄後には、セバスチャン・メルモスという偽名を使ったりしています。ルイ・レオーというフランスの学者による権威あるキリスト教図像事典にも、セバスチャンは同性愛の守護聖人だと書いてあるくらいで、その中でも先ほどあげたローマのカピトリーノ美術館の絵は、特に好まれていたものです。

　では、この人は元々どういう人物だったかというと、三世紀後半の実在のローマの近衛兵の隊長だったのです。しかし、ディオクレティアヌス帝の時にキリスト教徒であることが露見して矢で射られる。だが、その時は死ななくて、聖女イレネに介抱されて蘇り、その後棍棒で殴り殺されて、ローマのクロアカ・マクシマという暗渠に放り込まれたということになっています。

　中世に信仰を集めたのは何故かとい

うと、ペストの守護聖人になったんです。中世にはペスト、黒死病が何度も何度も流行った。ペストにかかると股のところに黒い斑点が出来て、この斑点が全身に広がって最後は土気色になって死ぬんですが、それが矢が刺さった痕のように見えるんです。でも、セバスチャンは矢で射抜かれても死ななかったということで、ペストの守護聖人になった。上の図は十五世紀の民衆版画なんですが、一種のお守りの札です。こういうのがたくさん作られて、家の中に貼られたんですね。十四世紀頃からセバスチャンの画像は爆発的に増えたんです。

　ルネサンスでも同じで、有名なのは、マンテーニャ（１４３１〜１５０６。イタリア・ルネサンスの代表的な画家）です。

井上　三島も『聖セバスチァンの殉教』の名画集の中で挙げていますね。

宮下　81頁の図はルーヴル美術館にありますが、下の方に矢で射た人がいて、上方にセバスチャンがいます。三島は書いてませんが、後ろに古代の廃墟があります。非常に正確な描写で、ルネサンスの古代復興を象徴する部分です。同時に、これは古代の異教が滅んでキリスト教の世の中になったということを示しています。三島は『聖セバスチァンの殉教』の「あとがき」で、セバスチャンは古代ローマによって殺されたキリスト教徒であり、またキリスト教によって殺された最後の古代ローマの美であるというようなことを書いていますが、この指摘とちょっと重なります。

井上　それにしても、ずいぶん多くの矢に刺されていますね。

宮下　ペストの守護聖人であるセバスチャンは、たくさんの矢に射抜かれても死ななかったということを強調しているんですね。

井上　三島の『天人五衰』に、本多老人に「イタリア美術では何が好きかね」と問われた透少年が「マンテーニャです」と答える場面がありますね。

宮下　『聖セバスチァンの殉教』の中でマンテーニャを三枚も取り上げていることから考えると、三島自身好きな画家だったんでしょう。三島にとっては、「マンテーニャ」イコール「セバスチャン」と言える部分もあったのではないですか。

井上　その文脈で考えると、『天人五衰』の透がマンテーニャを好きだと言

聖セバスティアヌスの殉教

ハンス・パオル　1472年頃
木版画　25.5×18.2cm
ミュンヘン、国立版画美術館

画面下には聖人への祈りの文句が書かれている。こうした民衆的な画像は、聖地巡礼のお土産として需要があり、またわが国の鐘馗画像のように厄病除けの護符のような役割を果たした。

聖セバスティアヌス

アンドレア・マンテーニャ
1459年頃
テンペラ、板　68×30cm
ウィーン美術史美術館

14本の矢が刺さる。背後のアーチが壊れているのは、古代世界の終焉を示すものだが、画家の廃墟趣味の現れでもある。聖人の右側には縦書きのギリシア文字で画家の署名が記されている。左上の雲の中に騎手がいるが、その意味は不明である。

聖セバスティアヌス

アンドレア・マンテーニャ
1506年頃
テンペラ・カンヴァス　210×91cm
ヴェネチア、カ・ドーロ
AKG/PPS通信社

マンテーニャの3作目のセバスティアヌス。17本もの矢が刺さった聖人は壁龕に立ち、殉教図というより静的な礼拝像となっている。マントヴァ司教ルドヴィコ・ゴンザーガのために描かれたが、画家が没したときアトリエにあった。

聖セバスティアヌス

アンドレア・マンテーニャ
1480年頃　油彩、カンヴァス
275×142cm
パリ、ルーヴル美術館
Album/PPS通信社

記念碑的な大きさを持つ聖人像。やはり古代の廃墟が克明に描かれているが、人体の筋肉もきわめて正確に描かれている。マンテーニャがこの主題を好んだのは、裸体で屹立する聖セバスティアヌスが人体の理想像を描くのに適した題材であったためである。右下には刑執行人たちの凶悪そうな顔が見える。『天人五衰』の生原稿を調査した有元伸子によると、透ははじめ好きなイタリア美術としてマンテーニャとジョットを挙げていたという。しかし、ジョットの名は削除された。三島はそうすることによって、マンテーニャへの愛着を密かに強調したのかもしれない。

『聖セバスチァンの殉教』
ガブリエレ・ダンヌンツィオ原作
三島由紀夫・池田弘太郎共訳
昭和41年　美術出版社刊
撮影＝青木登

フランス語の翻訳から装丁まで、三島が心血を注いだ１冊。

左頁

聖セバスティアヌスの殉教

アントニオ・デル・ポライウオーロ
1473-75年
テンペラ、板　292×203cm
ロンドン、ナショナル・ギャラリー

射手たちは、二人ずつ同じポーズの人物を逆方向からとらえたものとなっている。人体の動きや筋肉を追求したこの画家の代表作。フィレンツェのサンティッシマ・アヌンツィアータ聖堂のプッチ礼拝堂を飾っていた。

うのは、つまりセバスチャンを好きだと言っているわけですから、作品の解釈が少し変わってきますね。

宮下　それから、ほかにもセバスチャンだけを描いた絵や、ポライウオーロ（1431頃〜1496。ルネサンスのフィレンツェの画家・彫刻家）という画家の絵［左頁］のように射手が撃っているところを描いた絵もあり、彫刻もたくさんあります。三島が取り上げたのは、ベルニーニの弟子のジョルジェッティのもの［84〜85頁］だけですが。

井上　三島はベルニーニの作と考えていて、これを『聖セバスチァンの殉教』の函のデザイン［上］にも使っています。

宮下　ただし、ルネサンスにおいては、教会の内部にこういう裸体が置かれているのは、ややエロチック過ぎるということになった。実は、セバスチャンが殉教した時はかなり老齢だったはずで、中世におけるセバスチャン像は白い鬚を蓄えていたりもする。しかし、多くの画家が若く美しい肉体を持つセ

バスチャンを描くようになり、ヴァザーリ（1511～1574。イタリアの画家、建築家、文筆家。『芸術家列伝』の著者として名高い）が書いているんですけど、フラ・バルトロメオという画家の描いたセバスチャンの絵の前で、女性の信者が集まって大騒ぎをしたため、教会から絵が撤去されるという事件があった。そのころから、セバスチャンはあんまりエロチックに描いてはいけないというお触れが出たんです。十六世紀後半のことです。

井上 三島が「青年像」で採り上げたカラッチの《聖セバスティアヌス》［60頁］も、この頃の作品ですか？

宮下 そう、十六世紀末です。このセバスチャンは「何糞ッ」という表情で矢に抵抗している。運命を受け入れてうっとり天を見上げるグイド・レーニの絵とは対照的です。

井上 三島は「悲壮」というタイトルを付けていますね。こういうポーズは珍しいですか？

宮下 はい。セバスチャンの身体を下

死せる
聖セバスティアヌス
アントニオ・ジョルジェッティ
1671-72年
ローマ、サン・セバスティアーノ・フオリ・レ・ムーラ聖堂
撮影＝小森谷賢二、慶子

ジョルジェッティは天才彫刻家ベルニーニの弟子の一人で、本作はベルニーニのデッサンに基づくとされる。聖セバスティアヌスの墓所のある古刹サン・セバスティアーノ・フオリ・レ・ムーラ聖堂に安置されているが、同聖堂にはセバスティアアヌスを打った矢と縛られていた柱という聖遺物も祀られている。

から見上げるように描く構図も珍しい。

セバスチャン殉教図の意味するもの

井上　十七世紀になると、殉教図の傾向が変わるのでしょうか？

宮下　そう、再びエロチックな姿で描かれるようになりました。マンテーニャの絵では矢の数が非常に多かったが、だんだん矢の数が少なくなるとともにセバスチャンの裸体が前景化してきて、結構エロチックです。87頁右の図はリベラ（１５９１〜１６５２。スペインの画家。イタリア美術とスペイン美術の仲介者の役割を果たした）というグイド・レーニとほぼ同時代の画家の絵ですが、矢が二本になっています。アントネッロ・ダ・メッシーナ（１４３０頃〜１４７９。シチリア生まれ。ヴェネチアで活躍したルネサンスの画家。肖像画と宗教画に優れる）のセバスチャンも、矢の数が少ない。90頁の図はペルジーノ（１４４５頃〜１５２３。ルネサンスの画家、故郷ペルージャのほか、フィレンツェやローマで活躍）という画家の絵ですが、矢は二本です。同時代のマンテーニャとは対照的に、うっとりと天を見上げています。

　このように、矢で射抜かれたところの絵が圧倒的に多いんですが、射抜かれた後にセバスチャンが蘇って、棍棒で殴り殺された場面を描いた絵は下の図くらいしかありません。あと、先ほどふれたルドヴィコ・カラッチは、遺体となったセバスチャンがクロアカ・マクシマに放り込まれる珍しい情景を描いています［94頁上］。

　それから、十七世紀になって増えてくるのは、聖女イレネに介抱されて癒される場面で、88、89頁の図はジョルジュ・ド・ラ・トゥール（1593〜1652。フランスの十七世紀を代表する画家）の有名な絵で、三島も『聖セバスチャンの殉教』で採り上げています。これは、死んだと思って女たちが泣いているんですが、聖女イレーヌが脈をとってみたら、まだ生きている。そこで、慌てて看病するとセバスチャンが蘇るという場面です。病気の治癒を願うという癒しの画題で、天使が矢を引き抜くという絵もあります。たとえば91頁のルーベンスの絵で、やはり三島も採り上げています。

　その後、宗教美術が衰退しセバスチャンの作例は少なくなりますが、世紀末のフランスでは、シャバンヌ、モロー［92頁］、ルドンら象徴主義の画家たちが、殉教者と言うより愛と美に殉ずる蒼ざめた青年としての、頽廃的なセバスチャンを描きます。三島が訳したダヌンツィオの五幕劇も、この流れに属します。音楽をドビュッシー、衣装と装置をレオン・バクストが手がけたこの舞台は、女性人気バレリーナのイダ・ルビンシュタインが演じ、倒錯的な美とエロスの世界を展開しました。このようにセバスチャンの絵は非常に多く、三島もたくさん集めたわけです。

聖セバスティアヌスの殉教

ジョース・リーフランクス
1497-98年
油彩、板　82.5×55.2cm
フィラデルフィア美術館

この絵は矢を受けても死ななかった聖人が撲殺される珍しい情景を扱っているが、元来はマルセイユのノートル・ダム・デ・ザクール聖堂でこの聖人に捧げられた7点の聖人伝の一点であった。背後には聖人の遺体が井戸に投げ込まれる情景がコロッセウムとともに見える。

井上　ローマのスペイン広場の複製屋で集めたそうです。西洋ではよく知られた、画題であるからこそ、集めることができたとも言えますね。そこから特に気に入ったものを選んだ三島の鑑賞眼については、どう思いますか？

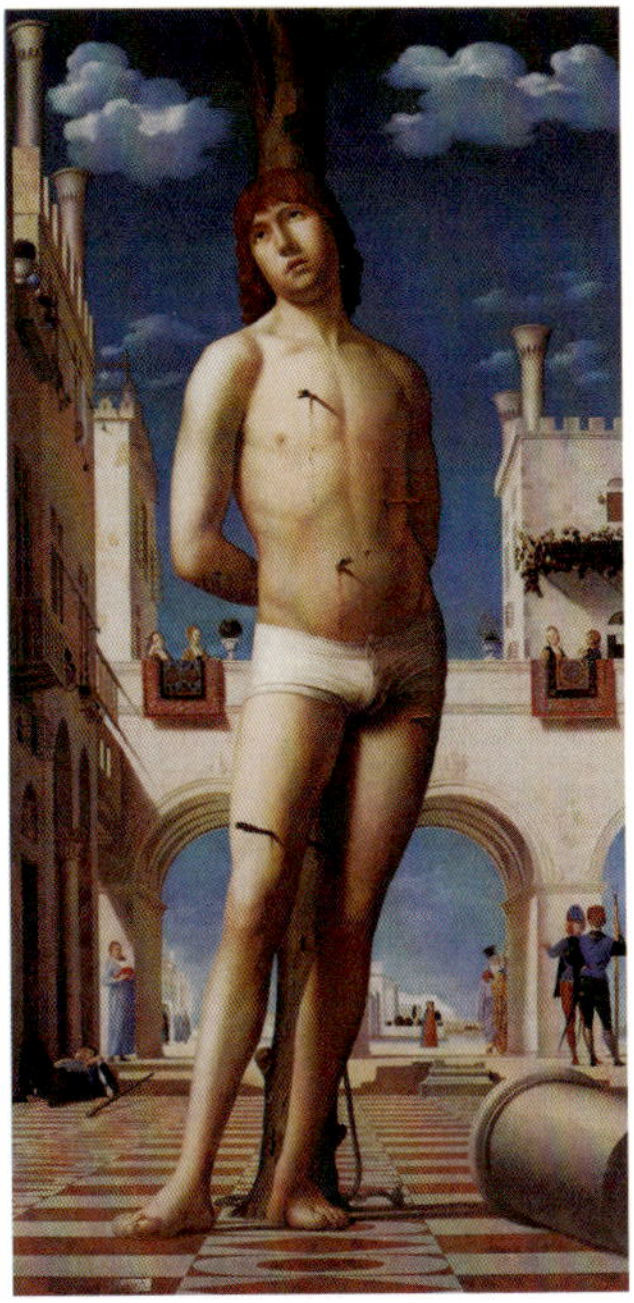

聖セバスティアヌス

アントネッロ・ダ・メッシーナ　1475-77年
油彩、カンヴァス　171×86cm　ドレスデン美術館

シチリア生まれのこの画家が晩年ヴェネチアで描いたと思われる作品で、三連祭壇画の一部であったと思われる。視点を低くとることにより、古代の彫像のような理想的な人物像が堂々たる存在感を与えられている。はるか遠くまで続く空間の奥行きも見事である。

聖セバスティアヌス

フセペ・デ・リベラ
1651年　油彩、カンヴァス　125×100cm
ナポリ、カポディモンテ美術館

ナポリのサン・マルティーノ修道院長に注文されて描かれたリベラ最晩年の作品。ナポリで活躍したスペイン人画家リベラは、この作品のように、カラヴァッジョに由来する劇的な明暗法と人物の克明な描写を得意とした。

宮下　なかなか鋭いと思います。グイド・レーニのセバスチャンについて、カピトリーノ美術館の矢が三本あるバージョンより、ジェノヴァのパラッツォ・ロッソの矢が二本の絵の方が良いと言っているのも卓見です。もっとも、三島がこの絵に扮して篠山紀信に撮影させた写真では、矢は三本になっています。

しかし、グイド・レーニのほかの絵についても、三島はローマでたくさん見ている筈ですが、レーニをルネサンス末流という範疇で捉え、バロック美術としての特徴を充分に理解していないようにみえるのは残念ですね。当時のわが国の美術史的教養の水準に照らしてやむをえなかったとも言えますが。

井上　三島はグイド・レーニのことを、ルネサンス末期の耽美的画家と捉えていたんですね。三島はレーニの絵のことを「二流芸術」とも言っています。でもそれは悪口ではない。三島はギュスターヴ・モローの《雅歌》を「最も贅沢な『二流芸術』」と評しています

聖セバスティアヌスを介抱する聖イレネ

ジョルジュ・ド・ラ・トゥール　1649年頃
油彩、カンヴァス　158×130cm　ベルリン国立美術館
上の図は部分

倒れた聖人の腕をとる聖女イレネと女たちは聖人が死んだと思って悲しみに沈む。聖女の持つ松明の光と構築的に配された人物によって、静かなドラマが浮かび上がっている。夜の画家ラ・トゥールはこのテーマを繰り返し描いたが、戦災と疫病が猖獗を極めた当時のロレーヌ地方で癒しの主題がとくに好まれたためであろう。ルーヴル美術館にもほぼ同じ構図の作品があるが、本図のほうが作者によるレプリカであるとされている。

介抱される聖セバスティアヌス

ルーベンス
1608年頃
油彩、板　153×119cm
ローマ、コルシーニ美術館

天使たちが聖人の縄をほどき、矢を抜いている。ローマに来たルーベンスは《ラオコーンの群像》（25頁）などの古代彫刻を熱心に研究したが、堂々とした聖人の姿態にもそれが生かされている。

聖セバスティアヌス

ピエトロ・ペルジーノ
1495年頃　油彩、板
176×116cm
パリ、ルーヴル美術館
Album/PPS通信社

15世紀後半のイタリアでもっとも重要な画家であったペルジーノは穏やかな風景のうちに立つ甘美な人物像として聖セバスティアヌスを描いた。聖人は恍惚として天を見上げ、いささかの苦痛も感じていないようである。

が、その趣旨について、「二流のほうが官能的にすぐれていることは、ルネッサンス画家でもギド・レニ（グィド・レーニ）を見ればわかることで、私の好きなのも正直その点である」と述べているんです。三島のセバスチャンへの偏愛には、もともと一種のデカダン的要素があったとも言えますね。

宮下　デカダン的と言うなら、ダヌンツィオの五幕劇もそうです。そこでは、ディオクレティアヌス帝もセバスチャンを射る射手も、セバスチャンを美しい青年として愛しているという設定になっていますが、これはダヌンツィオの創作です。セバスチャン伝として一番よく読まれているのは、十三世紀にヤコブス・デ・ウォラギネという人が書いた『黄金伝説』ですが、そこにはそういう話は一切出てきません。むしろ、ローマの近衛兵の隊長だったセバスチャンが、部下やディオクレティアヌス帝にキリスト教の教えを説くという場面が描かれています。そういえば"Suddenly, Last Summer"という戯曲がありますね。

井上　テネシー・ウィリアムズの作品ですね。エリザベス・テイラーとキャサリン・ヘプバーンの主演で映画にもなっていますが、三島は酷評していたと思います。

宮下　そうですか。でも、あの戯曲で恋人の女性と自分の母親との二人から愛される男性の名前が、まさにセバスチャンなんです。実は彼は同性愛者で、リチャード・エアーとマギー・スミスによる一九九二年の映画では、亡くなった彼の部屋にグイド・レーニのセバスチャンの殉教図が飾られており、巧みな演出的効果を上げています。三島没後では、エイズで死んだ同性愛者の監督デレク・ジャーマンの「セバスチャン」（一九七六年）という映画があります。それぐらい欧米では同性愛とセバスチャンの結びつきは強い。矢は男根の象徴だし、この絵によって性に目覚める同性愛の少年は少なくないといいます。

井上　しかし、セバスチャンの殉教図はジャンルとしては宗教画ですね。たとえばグイド・レーニの絵に対する教会の考え方は、どのようなものだったんでしょうか?

宮下 グイド・レーニ自身は非常に信心深い画家で、これはつまり殉教の愉悦を描いているんです。キリスト教徒にとっては、殉教で死ぬということは天国に行くことですから、その顔も苦痛に歪んでいるというよりも、うっとりとした法悦状態で天を見上げているべきでした。グイド・レーニの絵［76、77頁］も、そのような殉教図として、教会から推奨されるようなものでした。

井上 それが同時に同性愛的なポルノグラフィとしても機能したわけですね。

宮下 そうです。リチャード・E・スピアというアメリカのグイド・レーニの研究者は、このセバスチャン像が同性愛の文学者に好まれた経緯を論じていますが、その中にも三島はワイルドらと並んで詳しく言及されています。

聖セバスティアヌス

ギュスターヴ・モロー
パリ、モロー美術館

世紀末の画家モローは生涯に何度もこの聖人を描いたが、それらは青春の懊悩を秘めた中性的な若き詩人として描かれている。

もっともグイド・レーニは、セバスチャン以外にはホモエロチックな絵を残していませんし、生涯独身で通しましたが、それはおそらくマザコンであったからで、同性愛者だったという記録も残っていません。だから、この絵の持っている性的な意味を意識していたとは考えにくいですね。とはいえ、この絵がエロチックな興味から好まれたというのはよくわかる。人間離れした逞しい体型で、ところが顔は少女のよう、少年のようなんですね。体は成熟しているのに、顔はあどけなくうっとりしている。このアンバランスがなんとも言えない魅力を放っているのでしょう。

井上 上を向いている目線が良いですね。

聖セバスティアヌスの殉教

ソドマ　1525年　油彩、カンヴァス
204×145cm
フィレンツェ、ピッティ宮殿
AKG/PPS通信社

この画家の代表作にして聖セバスティアヌスの絵のうちでもっとも有名な作品。レオナルド・ダ・ヴィンチの影響が顕著であり、広大な風景に人物が適切に配置されている。1525年にシエナでペストが流行した時、その退散を祈願する行列の旗として描かれた。

1

1 クロアカ・マクシマに投げ込まれる聖セバスティアヌス

ルドヴィコ・カラッチ　1612年
油彩、カンヴァス　167×233cm
マリブ、ポール・ゲッティ美術館

聖セバスティアヌスは撲殺された後、ローマの大下水道クロアカ・マクシマに投げ込まれたが、この珍しい情景が劇的に表現されている。力強い兵士の腕と青白い聖人の遺体の対照が際立つ。ボローニャの教皇特使マッフェオ・バルベリーニが1612年に注文したもの。

2

2 聖セバスティアヌス

ティツィアーノ　1520-22年
油彩、板　170×65cm　ブレーシャ、サンティ・ナザロ・エ・チェルソ聖堂
Bridgeman/PPS通信社

中央にキリスト復活が描かれたアヴェロルディ祭壇画の右側のパネル。聖人の力強いポーズはルーヴル美術館にあるミケランジェロの《反抗する奴隷》に基づいているが、聖セバスティアヌスを描いた無数の作品中の白眉といってよい。

3

3 聖セバスティアヌス

マッティア・プレーティ　1653-60年頃
油彩、カンヴァス　240×169cm
ナポリ、カポディモンテ美術館

カラヴァッジョ風の劇的な光に浮かび上がる聖人は複雑な姿態を見せている。ナポリのサン・セバスティアーノ女子修道院の依頼で描いたが拒否されたという伝承がある。多作であったこの画家は何度もこの聖人を描いたが、その最初のもの。

4

4 聖セバスティアヌス

ピエトロ・ペルジーノ
1495年　油彩、板　ローマ、ボルゲーゼ美術館　AKG/PPS通信社

同時代のマンテーニャの描いたものと対照的に、ペルジーノの描く聖セバスティアヌスは恍惚として天を見上げる。この甘美な表情は、後のグイド・レーニに継承されたと見ることができる。

6

5

5 聖セバスティアヌス

作者不詳　16世紀末
顔料、布　99×36cm
パリ、ギメ美術館

西洋の原画をもとに日本人が描いたものと思われる。禁教以前に日本では多くのキリスト教絵画が制作されたが、その大半は失われた。現存する南蛮美術のうちでは聖母像が多く、聖人像は稀である。この貴重な作品は2004年にギメ美術館に収蔵された。

6 聖セバスティアヌス

ドッソ・ドッシ　1520年頃
油彩、板　182×95cm
ミラノ、ブレラ美術館

聖人の縛られた木に果樹があるのが珍しい。16世紀フェラーラ派を代表するドッシ（35頁参照）の典型的な作品。

7

7 聖母子と
聖フランチェスコ、
聖セバスティアヌス

カルロ・クリヴェッリ　1491年
テンペラ、板　175×151cm
ロンドン、ナショナル・ギャラリー

ファブリアーノのサン・フランチェスコ聖堂のために描かれた。注文主の豪商ベケッティの未亡人が聖フランチェスコの足元で祈っている。聖セバスティアヌスはこのような「聖会話図」（38頁参照）の常連であった。

宮下　そうなんです。もう一枚、三島が好んだのはソドマ（１４７７〜１５４９。イタリア、ルネサンスのシエナ派の画家）です。ソドマのセバスチャン［93頁］も、上を向いていますね。実は、この絵は、グイド・レーニの絵とは違って戦後間もなくから日本でもよく知られていて、『仮面の告白』に出てくる絵は、グイド・レーニではなくてソドマの絵のことではないかと思っていた読者もいたらしいです。シエナで描かれ、現在はフィレンツェのピッティ美術館にあります。ソドマは、グイド・レーニより一世紀早い十六世紀の画家です。本名はジョバンニ・アントニオ・バッツィといいますが、自他ともに認める同性愛者だったので、ソドミア、つまり男色というあだ名でよばれました。グイド・レーニの絵と人気を二分する有名な絵で、三島はこの二点だけをカラー写真で載せたんですね。

井上　ところで、『仮面の告白』にはセバスチャンをアンティノウスに重ね見ている箇所があるんですよ。両者は、三島の中でイメージとして繋がっているわけです。

宮下　三島は、アンティノウスには「青春の憂鬱がひそんで」おり、彼は「基督教の洗礼をうけなかった希臘の最後の花であり、羅馬が頽廃期に向う日を予言している希臘的なものの最後の名残である」と書いています。しかし、三島は聖セバスチャンについても、『聖セバスチァンの殉教』の跋文で、「キリスト教内部において死刑に処せられることに決っていた最後の古代世界の美、その青春、その肉体、その官能性を代表していたのだった」と書き、アンティノウスと似たような位置づけを与えていますね。つまり三島は、アンティノウスやセバスチャンのうちに古典古代の黄昏を見ようとしているのです。しかし、それは彼の思い入れにすぎず、芸術として作品を批評したものとは言えないでしょう。

井上　そういえばミダス王の話も『悲劇の誕生』では「最も悪いのはやがて死ぬことで、次に悪いのはいずれ死なねばならぬことだ」という命題を引き出すための前振りなので、『アポロの杯』での言及の仕方には三島独自の思い入れがありますね。

宮下　そう考えると、三島の美術愛好の傾向が、はっきり見えてきます。芸術的な関心というよりも、自分の偏愛するモデルの登場するものに心ひかれ、そうした個人的な趣向と自分の審美眼とが重なり合ってしまうという傾向です。★

雅歌

ギュスターヴ・モロー
1893年　水彩、紙
37.5×19.5cm　倉敷、大原美術館

「雅歌」とは、男女の恋愛を歌ったもので旧約聖書中の異色の書である。ソロモンの栄華を極めたエルサレムにかかる月の前にたたずむこの女性は、夜起きて恋人を探している（雅歌３章２節）のであろうか。三島はこの女性像に、「近東風の物憂い官能性、典雅な淫逸、肉体の抒情」を見て、「最も贅沢な『二流芸術』の見本だ」と書いた。

『黒蜥蜴』の舞台稽古で、芥川比呂志と。昭和37年3月、サンケイホールにて上演。三島は舞台美術にも強いこだわりを持っていた。

Column,04

三島由紀夫の絵と劇画

三島由紀夫は自分で絵を描くことも好きだった。特に幼少年期には創作絵本や多数のスケッチ類を残している。その才能は、後年三島が小説執筆のために書き記した取材スケッチや舞台装置図などにも生かされている。

一方、幼少期の三島は漫画風の絵を描くことも好んだが、これは後の三島の劇画趣味に通じていると言えよう。「劇画における若者論」というエッセイで、三島は次のように述べている。

「貸本専門の劇画には、野性も活力も、力強い野卑も、残酷も、今の十倍ほどもあふれていた。それはまだ『悪書』に属しており、私はとりわけ平田弘史の時代物劇画などに、そのあくまで真《しん》摯《し》でシリアスなタッチに、古い紙芝居のノスタルジヤと、『絵金《えきん》』的幕末趣味を発見していた」、「いつのころからか、私は自分の小学生の娘や息子と、少年週刊誌を奪い合って読むようになった。『もーれつア太郎』は毎号欠かしたことがなく、私は猫のニャロメと毛虫のケムンパスと奇怪な生物ベシのファンである。このナンセンスは徹底的で、かつて時代物劇画に私が求めていた破壊主義と共通する点がある。それはヒーローが一番ひどい目に会うという主題の扱いでも共通している」。

『創作ノォト“盗賊”』昭和30年7月刊（ひまわり社）。限定3000部。写真は三島自身が所有していた001番。
撮影＝青木登

2

1

1 《柳と白い鳥》学習院中等科当時の油絵。
2 《自画像》中等科時代に描いたもの。
3 《フジサン》学習院初等科１年の時の絵。
写真提供＝山中湖文学の森　三島由紀夫文学館（3 点とも）

3

撮影＝平野光良

三島が好きだった漫画

手前は、三島が幕末のアウトロー絵師・絵金との共通点を見出したという平田弘史の貸本劇画。写真は『名刀流転』（昭和 42 年刊、ハイ・コミックス）。奥は「もーれつア太郎」が連載されていた頃の「少年サンデー」。

6

4

5

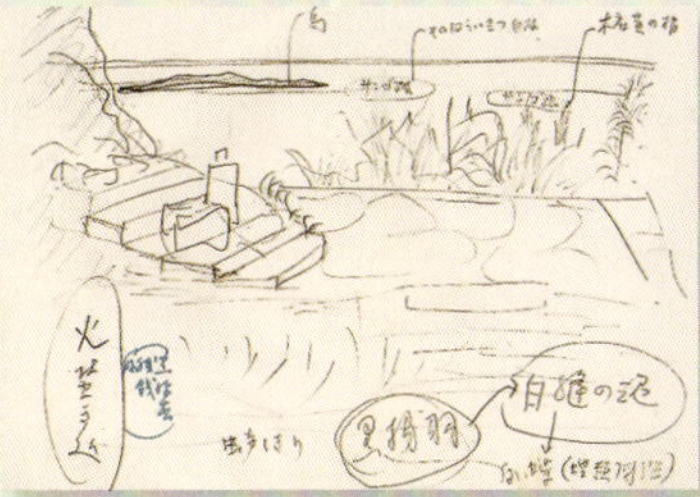

7

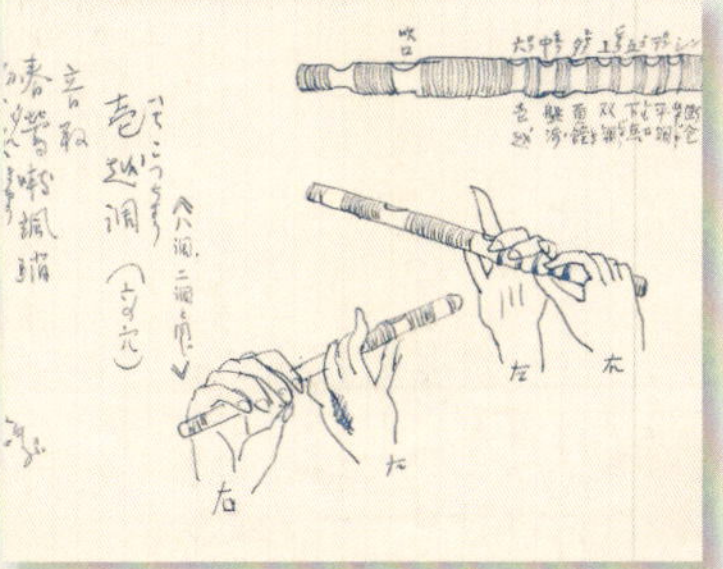

8

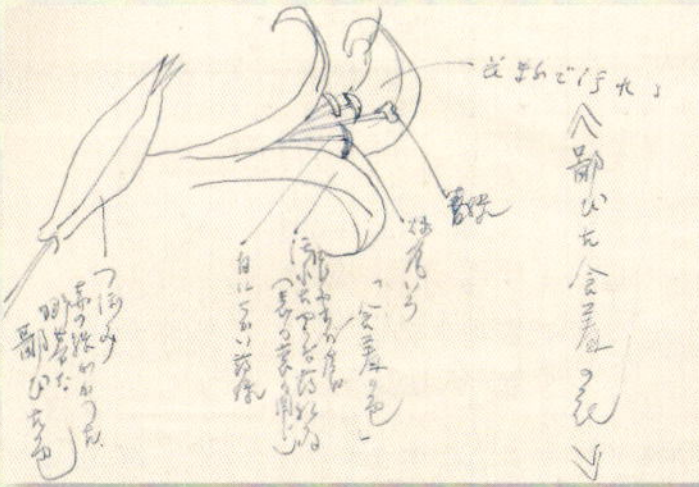

9

45「三島由紀夫追悼公演『サロメ』」（劇団浪曼劇場第七回公演）の舞台風景と三島による装置案。昭和46年2月、新宿紀伊国屋ホールにて。演出と装置を三島自身が手がけ、演出補を務めた和久田誠男氏が三島の自決後、遺志を継いで上演した。ビアズリーの絵に倣って大道具・小道具は白と黒で統一。ただし血は赤で、上演中には香が焚きしめられた。サロメ役は森秋子。

6昭和35年、「サロメ」（オスカー・ワイルド作、日夏耿之介訳）文学座公演で、王妃ヘロデヤの娘サロメに扮した岸田今日子。三島が演出を手がけた。

7三島が描いた「椿説弓張月」の舞台スケッチ。

8『蘭陵王』創作ノートより。昭和44年8月。笛のスケッチ。

9『奔馬』創作ノートより。奈良、率川神社の三枝祭を取材。重要なモチーフとなる笹百合のスケッチ。

写真提供＝和久田誠男（4、5）、文学座（6）、山中湖文学の森　三島由紀夫文学館（7、8、9）

山中湖文学の森　三島由紀夫文学館
〒401-0502 山梨県南都留郡山中湖村平野506-296
TEL 0555-20-2655
http://www.mishimayukio.jp/
三島由紀夫の初版本や原稿、書簡など貴重な資料を収蔵。

D
the Art of Decadence

デカダンス美術

大蘇芳年《たいそよしとし》と竹久夢二、デシデリオとビアズレイ、といふ組合せは、年代も場所も超越したふしぎな混淆《こんかう》のやうに思はれよう。芳年（一八三九―九二）、夢二（一八八四―一九三四）、デシデリオ（一四二八？―六四）、ビアズレイ（一八七二―九八）と並べてみると、デシデリオだけは遠い時代に孤立して生きてゐる。

しかし、この四人の画家を選んだのは、そこに共通する或る衰弱、或る偏執のためである。もちろん、四人のうちでもつとも穏和なのは夢二であらう。その夢二とて、ビアズレイと共通する或る無道徳な目に欠けてゐなかつたことは、ここに掲げた一葉を以てしても推察されよう。

ここには、阿片窟《アヘンくつ》のものうさ、けだるさ、現実剝離《はくり》の状態が、世にもやさしく、抒情的に、さう云つてよければ清潔に描かれてゐる。もちろんかういふ甘い抒情は、その何割かが商業的なものである。しかし、いつも晩春のネルの着物のやうな、微熱のあるせゐか、気候のせゐかわからない、或るものうい熱意が彼の生理の形であつた。

夢二はおそらく、ビアズレイの、鋭い、のめり込むやうな頽廃《たいはい》から影響を受けたであらうが、そこには大正文化の中庸的感受性への妥協があつて、その作品は決して、悪魔的な深まりも、毒々しい諷刺も持つことがなかつた。

大蘇芳年の飽くなき血の嗜《し》欲《よく》は、有名な「英名二十八衆句」の血みどろ絵において絶頂に達するが、ここには、幕末動乱期を生き抜いてきた人間に投影した、苛烈な時代が物語られてゐる。

これらには化政度以後の末期歌舞伎劇から、あとあとまでのこつた招魂社の見世物にいたる、グロッタの集中的表現があり、おのれの生理と、時代の末梢神経の昂奮との幸福な一致にをののく魂が見られる。それは、頽廃芸術が、あるデモーニッシュな力を包懐するにいたる唯一の隘路《あいろ》である。

ビアズレイについては、贅言を要しまい。

この「僧正」の絵は、著名な「サロメ」や「リュシストラーテー」と比較して、線の立てこんだ、明晰さに欠けた、むしろ初期作品のムーディーなものの痕跡を思はせる作品であるが、私がもつとも愛好する作品である。この蒼《あを》ざめた傲慢、衰弱の王権とでもいふべきものに、ビアズレイの本質があるのではないか。これが私には、ビアズレイの自画像のやうに思はれて仕方がない。デシデリオの名は、澁澤龍彥氏に教はり、作品も亦《また》、氏によつてはじめて見せられた。この崩壊の感覚は、ヨーロッパのデカダンスの世界崩壊の感覚の、もつとも象徴的かつ具象的表現である。大建築の大崩壊といふ夢に一生憑《つ》かれたこの特異な画家の目は、ヨーロッパといふものの、あるべき滅亡の姿が、常住如実に映じてゐたにちがひない。そしてその大建築はつねに無住であるが、彼はともすると、文化の崩壊に先立つ、人間の消滅を予感してゐたのかもしれないのである。

「デカダンス美術」／『三島由紀夫全集33』（昭和51年1月　新潮社）より
初出　批評　昭和43年6月号

炎上する廃墟
モンス・デジデリオ　1623年
油彩、カンヴァス　75×98cm
Archivi Arte Antica

火災
モンス・デジデリオ
1624 年
サイズ不詳

モンス・デジデリオという名で知られるフランソワ・ド・ノーメは実在しない幻想的な都市が崩壊する情景を繰り返し描いた。ソドムとゴモラの崩壊やトロイの炎上のように伝統的な主題を表す作品もあるが、大半は104–105 頁の絵やこの作品のように特定の物語をもたない幻想的な情景である。20 世紀になってシュルレアリスムを先駆するような幻視的な表現が高く評価された。三島が雑誌「批評」で採り上げたのは、下の作品（オリジナルは行方不明）。

笠森於仙（英名二十八衆句）
大蘇（月岡）芳年　1867年　大判錦絵
35.8×23.6cm

「英名二十八衆句」は、歌舞伎の残酷シーンを集めて兄弟子の落合芳幾と分担した連作で、血みどろ絵を得意とした芳年の代表作。この情景は、明和期に鈴木春信が描いて有名となったお仙を河竹黙阿弥が『怪談月笠森』に脚色したものの一場面。血まみれになって死にゆくお仙の姿態と髪には頽廃的な官能美が漂う。

英名二十八衆句
笠森於仙
一魁斎芳年筆
錦盛堂

僧正

オーブリー・ビアズリー
1896年　ペン・インク、紙　ロンドン、
ヴィクトリア・アンド・アルバート美術館
V&A Images/ユニフォトプレス

ビアズリーの遺した文学作品で最も長い『丘の麓』に付された挿絵の一点。僧正（Abbé）とは、ビアズリーのイニシャル AB を暗示し、このダンディーな人物は、彼の精神的自画像であるとされる。空間恐怖のようにびっしりと線で埋め尽くされたアラベスクはこの画家の真骨頂。

阿片窟（長崎十二景）

竹久夢二　1920年
水彩、紙　37×28cm
個人蔵

1918 年、夢二は次男不二彦を伴って長崎に旅行し、永見徳太郎のもとに滞在した。二年後、「長崎十二景」を永見に献上した。それらは、中国人街の阿片窟の長春楼を描いたこの作品のように、異国趣味のうちに現実の長崎の光景と夢二の幻想が入り混じっている。

F
Fantastic Art

三島由紀夫の幻想美術館

いはゆる泰西名画でなくて、十八世紀、十九世紀、二十世紀の、舞台装置や挿絵やグラフィック・アートから、選んでみた。

①　オーブレエ・ビアズレーについては言ふまでもあるまい。十九世紀の世紀末芸術の華であり、ワイルドの「サロメ」の挿絵で有名だが、この「神秘なる薔薇の園」は、当時の機関誌イエロー・ブックに収載されたもので、一見受胎告知の天使のやうだが、処女も天使も悪徳と冷艶《れいえん》の結晶のやうに描かれてゐる。

②　ジュゼッペ・ビビエナは、十八世紀の舞台装置家で、北イタリアの劇場の背景画は当時、このやうな精密きはまる職人芸の、遠近法を極度に活かした手法で描かれてゐた。舞台の奥行が甚だ深いといふ利点の上に載つたものでもあるが、日本の舞台装置にもつとも欠けてゐる技術のお手本がこれである。

③　二十世紀のグラフィック・アーティストのうちで、このM・C・エッシャーほど不気味な画家はない。その画の多くは欺《だま》し絵《ゑ》で、この絵もよく見れば見るほど、次元が混乱して、頭がをかしくなつてくる。このオランダ人のもつとも斬新な発明には、同時に、オランダ派静物画のふしぎな怖ろしい静けさの伝統がのこつてゐる。

「無題（三島由紀夫の幻想美術館）」／『三島由紀夫全集35』（昭和51年4月　新潮社）より
初出　批評　昭和42年4月号

物見の塔
エッシャー　1958年
リトグラフ
46.2×29.5cm

オランダの版画家エッシャーは、位相幾何学的な原理に基づく幻想的な世界を緻密に描き、1960年代後半から人気を博した。この建築は、部分的に見ると問題はないのだが、全体として見ると不可能を描いていることがわかる。画面下部に座る男が手にしているのは「ネッカーの立方体」とよばれるものであり、これを上部の建築物に応用しているのがわかる。

J.A.Pfeffel S.C.M. Chalcogr. sculp. direx. A.V.

空想の庭園

ガッリ・ダ・ビビエーナ
18世紀前半
銅版画　48.1×32cm
Bridgeman/PPS通信社

ガッリ・ダ・ビビエーナ一族は17世紀から18世紀にヨーロッパを股にかけて活躍した劇場建築家、舞台デザイナーの一族で、この版画はフェルディナンドの作ったオペラの舞台背景を息子のジュゼッペが版画化したものとされる。三島はこれを、「日本の舞台装置にもつとも欠けてゐる技術のお手本」であるとしている。

Sotatsu Tawaraya

俵屋宗達《舞楽図屏風》

宗達は大胆小心の見本のやうな男だつたと思はれる。その構図の奇抜さ、大胆さ、破調が、色彩や、細部の工夫によって補はれて、そこにはいはば、剛毅な魂と繊細な心とが、対立し、相争うたまま、一つの調和に達してゐる。装飾主義をもう一歩といふところで免かれた危険な作品。芸術品といふものは、実はこんな危険な領域にしか、本来成立しないものだ。

「舞楽図」が描いてゐるのは舞踏ではない。又舞踏する人間でもない。それは執拗に組み立てられた構成的世界で、そこでは色彩と形態が、形態と金いろの空間とが嬉戯してゐる。しかし宗達は決して抽象主義を知らなかつたし、たとへ知つてゐたとしても、彼は事物を抽象化することよりも、空間の裡に命ぜられるままの形で嵌《は》め込まれる事物の、一瞬の嬌態《けうたい》のはうを愛したであらう。

「舞楽図」を見てゐると、宗達が桃山時代の金碧障屏画のやうな豪奢《がうしや》とは別なところに発見した豪奢といふものが響いてくる。「舞楽図」の単純化された豪奢は、まさに飛切りの豪奢である。ここには衰弱した趣味もなければ、貧血症状もなく、成金の多血質もなければ、禅坊主のドグマもなく……要するにもつとも均衡のとれた豪奢があつて、それこそ豪奢の本質だとわれわれは気がつくのである。宗達の作品には、趣味のよすぎるもののもつ弱さがない。色彩はわれわれの平均的な感覚をなごやかにしづめ、決してそれに抵抗感を与へたりしない。そこにはまた初期肉筆浮世絵のやうな野性的な肉感もない。

それでも金地の上にひるがへる還城楽《げんじやうらく》と羅陵王《らりようわう》の緋《ひ》いろの裾《すそ》は、豪奢としか言ひやうのないものので、日常的な美感を踏みにじつてゐる。その緋いろはしかも、左端の四人の舞人の冠り物や袴《はかま》に小さく鮮明にくりかへされ、右方の舞人の裾にはちらと閃《ひら》めき、右端の白衣の袖口や面の紐に点綴《てんてつ》され、右端下方の火焔太鼓では繊細な焔になつて燃え立つてゐる。さういふ風にして、金地と緋いろの対比が、金地と白の対比、金地と紺いろの対比などとそれぞれ照応して、音楽的な色彩構成を成立たせてゐるが、そのやうな対比と照応の効果は、結局、画面の単純化と、ゆたかな空間のおかげで成就されたものである。この画面は実に明晰で、人間の目が識別しえないやうなものは何一つない。混沌《こんとん》は排除され、濫費は抑制されてゐる。

宗達が見たものの、こんな明晰な豪奢は、一体装飾の役に立つたかどうか疑はしい。人の目をくらませ、不透明にさせるための装飾効果は、宗達の画中には求められない。それはありありと見え、ありありと手にとられるが、こんな絵の前では、どんな目、どんな手も貧しく見えてしまひ、桃山屏風のやうに地上の宴楽の背景をなすわけには行かないのである。彼の孤独な個性の贅《ぜい》沢三昧《たくざんまい》の姿だけが、そんな明晰な画面からはつきりのぞかれて来るので、われわれは宗達を近代的な画家の一人だと思つてしまふのである。

初出　「宗達の世界」『宗達　原色版美術ライブラリー114』（昭和32年7月　みすず書房）
「俵屋宗達」／『美の襲撃』（昭和36年11月　講談社）より

舞楽図屛風

俵屋宗達　紙本金地著色
二曲一双
各155.2×170.0cm
京都、醍醐寺三宝院

二曲一双の金地屛風に、右から「採桑老」「納曾利」「羅陵王」「還城楽」「崑崙八仙」の５つの舞楽が描かれている。それぞれのモチーフは古画からそのまま採用されているが、それらが綿密な計算によって一分の隙もなく配置され、的確な色彩とともに天才的な構成の妙を示している。

Talk about Mishima

Part 4

〔対談〕

デカダンと幻想

井上 三島のセバスチャンへの偏愛には、もともと一種のデカダン的要素があったということを述べましたが、デカダンに関しては雑誌「批評」（昭和四十三年六月号）の「デカダンス特集」で三島が選んだ四枚の絵があります。

宮下 ビアズリーの《僧正》［１０９頁］、竹久夢二の「長崎十二景」から《阿片窟》［１０８頁］、大蘇芳年（１８３９～１８９２。幕末から明治初期にかけての浮世絵師。月岡芳年）の「英名二十八衆句」から《笠森於仙》［１０７頁］、モンス・デジデリオの《火災》［１０６頁］の四枚ですね。

井上 ビアズリーと言えば、なんといっても『サロメ』の挿絵［52～53、左頁］ですね。聖書における洗礼者ヨハネの斬首の話を、ヨハネを愛し、その血みどろの首に口づけするサロメの狂的な恋の物語として描いたワイルドの戯曲『サロメ』について、三島は「私は最初に文学に飛び込んだときから、オスカー・ワイルドの『サロメ』というような戯曲、殊にそれについていたビアズレーの挿絵などに魅せられた」（「わが魅せられたるもの」）と言っています。

宮下 次は夢二。ただ、三島は竹久夢二が好きだと言っているけど、どういうことなのか。夢二は三島的世界とは、あまり合わないんじゃないかと私は思うんですが。

井上 夢二はビアズリーの影響を受けていますから、そういう関心の寄せ方かもしれませんね。

宮下 そうでしょうか。それから大蘇芳年。芳年は歌舞伎の残酷シーンを集めた「英名二十八衆句」で知られる血みどろ絵の浮世絵師です。むしろ、こちらのほうが三島の趣味に直結するように思うんですけどね。ところで、三島は芳年が好きなんですから、同じような血みどろ絵を描いた絵金（１８１２～１８７６。土佐に生まれ狩野派に学んだ画家）も好きだったはずですね。

井上　三島は絵金に言及しています。「劇画における若者論」（「サンデー毎日」昭和四十五年二月一日号）というエッセイで、平田弘史の時代物劇画などに、古い紙芝居のノスタルジアと絵金的幕末趣味を発見したと述べている。

宮下　そうですか。しかし、絵金についてまとまった文章を書いていないのは残念ですね。一九六〇年代後半に幕末土佐の町絵師であった絵金がにわかに脚光を浴び、ブームになっています。そういえば、三島は平田弘史に切腹の絵を注文し、「君の絵は絵金みたいだ」と言ったそうですね。

サロメ
ビアズリー　1893年
AKG/PPS通信社

オスカー・ワイルドの戯曲『サロメ』に付した挿絵。最後の場面、サロメが切られたヨカナーン（ヨハネ）の首に接吻して、「おまえに口づけしたよ、ヨカナーン」と言う場面。黒と白の織りなす画面のうちにきわめて耽美的で頽廃的な世界が表れている。

井上　それは知りませんでしたが、ありそうな話ですね。

宮下　そして最後に、廃墟や崩壊する空想の建物を描き続けたデジデリオ。この画家については、澁澤龍彦から聞いたようですが、実はモンス・デジデリオ（Monsu Desiderio）というのは、風景画と遠近法を得意としたディディエ・バッラと幻想建築の画家フランソワ・ド・ノーメの共同ペンネームなんですね。二人はフランス人なんですがナポリで活躍した。アンドレ・ブルトンの『魔術的芸術』やグスタフ・ルネ・ホッケの『迷宮としての世界』で取り上げられたことで、よく知られるようになりました。幻想的な風景画という点では、三島はイギリスの風景画家ターナーによく言及していますし、やはりイギリスの幻視家ウィリアム・ブレイクについても書いています。

井上　この「批評」の特集には、編集上のちょっとした悪意というか、いたずら心が感じられるんです。というのは「批評」のこの号は、連載中の「太陽と鉄」の最終回なんですね。太陽と鉄によって肉体を鍛え上げて、頽廃とは正反対の極に立ち至ったまさにその地点で、これとは対極的なデカダンス特集を三島に組ませた。発案は編集同人の遠藤周作です。ところが、編集を引き受けた三島は、この機会を利用して、「太陽と鉄」が象徴するようなマッチョな自分と、自分の精神的故郷とも言えるデカダンスの闇とを明確に対比させたと考えることも出来ますね。

宮下　なるほど。この号より少し前の「批評」（昭和四十二年四月号）では、「三島由紀夫の幻想美術館」というグラビアで、ビアズリーの《神秘の薔薇園》、ビビエーナによる北イタリアの劇場の背景画、エッシャーの《物見の塔》の

神秘の薔薇園

ビアズリー　1894年
インクほか、紙　22.4×12.5cm
ハーバード大学附属フォッグ美術館
Bridgeman/PPS通信社

ビアズリーが編集に携わった文芸誌『イエロー・ブック』の第４巻に掲載されたペン画。ランプを下げ、翼のついた靴をはいて裸体の女に何事かをささやく男は悪魔のように見えるが、この絵は当初、受胎告知として構想されたという。三島は、「一見受胎告知のようだが、処女も天使も悪徳と冷艶の結晶のように描かれている」とする。

三点を取り上げています。

井上　エッシャーの騙し絵ですね。

宮下　見れば見るほど次元が混乱して、頭がおかしくなると三島は言っています。ただ、そこまで感心しているのを見ると、ちょっと子供っぽいなとも思いますね。

井上　夢二、芳年のほかに、三島が好み関心を寄せた日本の画家は……？

宮下　俵屋宗達ですね。二曲一双の《舞楽図屏風》［116～117頁］を絶賛していますよ。構図の奇抜さ、大胆さ、破調が、色彩や細部の工夫によって補われているとか、金地と緋色の対比が、金地と白、金地と紺色の対比などとそれぞれ照応して、音楽的な色彩構成を成立させているなどと指摘しています。宗達の卓抜な様式を分析し、《舞楽図》のように一見装飾的な宗達の作品が、「装飾主義をもう一歩というところで免かれた危険な作品」であるとする。これは、三島が均衡や構成美に関して鋭い感性を持っているから可能な見方で、ギリシア彫刻に対する審美眼と重なり合うものですね。こういう感性を持っているのであれば、モダンアートや抽象絵画に対しても、もっと理解を示してくれても良かったように思うんですけどね。その点がちょっと残念な気もします。★

浮世柄比翼稲妻　鈴ヶ森

絵金　二曲一双屏風
高知県香南市赤岡町本町一区
写真提供：赤岡町教育委員会

四世鶴屋南北作の歌舞伎の一場面。白井権八が襲いかかった十数人の雲助たちを切り捨てたところに侠客幡随院長兵衛が現れた情景である。残虐性のうちに怪しいエロティシズムが横溢する絵金の芝居絵は、幕末土佐の民衆の圧倒的な支持を受けた。

無垢の歌

ウィリアム・ブレイク
1825年　銅版画
15.7×14.1cm
ニューヨーク、メトロポリタン美術館

イギリス最大の詩人にして画家ブレイクが初めて刊行した挿絵入り詩集の扉絵。独自に開発したレリーフ・エッチングで印刷し、手彩色を加えて刊行した。幻視的な詩と絵画が見事に統一された珠玉の傑作。

三島邸の書斎。左奥に、横尾忠則の《眼鏡と帽子のある風景》（左頁）が架かっている。
写真＝垂見健吾（1985年）

左頁
眼鏡と帽子のある風景
横尾忠則　1965年
カラーインク、紙　70×54.5cm
個人蔵

「横尾忠則氏の作品には、全く、われわれ日本人の内部にあるやりきれないものが全部露呈していて、人を怒らせ、怖がらせる」（『横尾忠則遺作集』昭和43年）と三島は書き、その「無礼な芸術」に賛辞を送っている。

芸術《ミューズ》の神としての三島

Column, 05

三島が多くの美術作品に関心を寄せたり、そこから影響を受けたのとは逆に、三島由紀夫という人物が、美術家たちに影響を及ぼすこともあった。その代表は横尾忠則だ。

三島と横尾の出会いは昭和四十年五月。東京日本橋の吉田画廊で開かれた個展を訪れた三島は、《眼鏡と帽子のある風景》の前に立っていつまでも目を離さなかったので、横尾はこれを三島に寄贈する。このとき以来二人の交友は続いたが、三島没後、横尾は三島をテーマとする多くの作品を描いている。

三島の依頼で、三島自身をモデルとする男性像を作成した彫刻家の分部順治も、三島没後に三島をテーマとする作品創作を企図した。

書家の石川九楊も三島の死をモチーフとする作品を創作している。

三島は芸術家にインスピレーションを与える芸術の神でもあったのだ。

右
三島由紀夫と R.ワーグナーの肖像
横尾忠則　1983年
カンヴァスにアクリル絵具、
ハウスペイント、骨
100×100cm　個人蔵

下
男の死あるいは 三島由紀夫と R.ワーグナーの肖像
横尾忠則　1983年
カンヴァスにアクリル絵具、
ハウスペイント、骨、石膏、木
227.3×145.5cm　個人蔵

「三島由紀夫の存在自体が想像力であり芸術である」と語った横尾が三島にささげた作品。《三島由紀夫とニーチェ》（1985年）と題する作品もある。

恒
分部順治
昭和51年第6回日彫展出品
写真提供：
群馬県企業局財務管理課

昭和45年秋から、三島は日曜ごとに彫刻家・分部のアトリエで等身大男性像のモデルを務めていた。

写真の完成作は《恒》と題され、群馬県企業局蔵。昭和45年春に作られた40cmほどのミニチュアは三島家の増設された3階の円形の部屋（50頁）の棚に飾られていた。

おそらく歴史の中に
死ねることほど
幸せはあるまい

石川九楊　1971年　33×24cm

大日本帝国書道報国展　花なき薔薇の会'71にて発表。『状況記号　石川九楊作品選集　氷焔』（原色社刊、限定250部）より。書家・石川九楊が三島の自決へのオマージュとして創作した作品。

三島由紀夫

美術関連略年譜

大正十四年（一九二五）
一月十四日、東京・四谷に生まれる。

昭和六年（一九三一）
四月、四谷の学習院初等科に入学。

昭和十二年（一九三七）
四月、目白の学習院中等科に進学。この頃、セバスチャン殉教図やオスカー・ワイルドの『サロメ』に出会う。

昭和十六年（一九四一）
学習院教官の清水文雄の推薦・仲介により小説「花ざかりの森」を「文芸文化」に連載。発表に際して「三島由紀夫」の筆名を使う。

昭和十七年（一九四二）
四月、学習院高等科文科乙類に進学。同人誌「赤絵」創刊。

昭和十九年（一九四四）
五月、徴兵検査を受け、第二乙種合格。九月、学習院高等科を首席で卒業。
十月、東京帝国大学法学部に推薦入学。同月、初の小説集『花ざかりの森』（七丈書院）刊行。

昭和二十一年（一九四六）
七月、『ブレエク研究』を買う。

昭和二十二年（一九四七）
十一月、東京大学法学部卒業。十二月、大蔵省に入省。

昭和二十四年（一九四九）
七月、『仮面の告白』（河出書房）刊行。

昭和二十六年（一九五一）
十二月二十五日、北米、南米、欧州を巡る初の海外旅行に出発（翌年五月十日帰国）。

昭和二十七年（一九五二）
十月、『アポロの杯』（朝日新聞社）刊行。

昭和二十九年（一九五四）
六月、『潮騒』（新潮社）刊行。

昭和三十一年（一九五六）
十月、『金閣寺』（新潮社）刊行。
十一月、「鹿鳴館」（文学座）初演。

昭和三十二年（一九五七）
七月九日～年末まで、ニューヨーク、中南米に滞在、翌年一月十日、ヨーロッパ経由で帰国。

昭和三十三年（一九五八）
六月、川端康成夫妻の媒酌により、日本画家・杉山寧の長女、瑤子と結婚。

12歳の三島が手にしたであろう岩波文庫版『サロメ』。
撮影＝平野光良

昭和27年、プレジデント・ウィルソン号船上にて。

昭和35年、

昭和三十五年（一九六〇）	十一月～翌年一月、夫婦で世界旅行。
昭和三十六年（一九六一）	一月、ローマ滞在中に、自宅の庭に設置するため、ローマ市所有のアポロ像の模作を注文（半年後に日本に届く）。 同月、香港滞在中にタイガー・バーム・ガーデンや阿片窟を見学。 九月、細江英公と助手の森山大道が三島宅で評論集『美の襲撃』の表紙・口絵のための写真撮影。 これが後に『薔薇刑』へと発展。
昭和三十八年（一九六三）	三月、細江英公写真集『薔薇刑』（集英社）刊行。
昭和四十年（一九六五）	三月十一～二十八日、ブリティッシュ・カウンシルの招待で渡英、パリ経由で帰国。 五月、日本橋・吉田画廊で開かれた横尾忠則の個展を訪れ、横尾と初対面。 九月、「春の雪（豊饒の海　第一巻）」を「新潮」に連載開始。 九月五日～十月三十一日　夫人とともに米国、欧州、東南アジア各地を旅行。 十月、バンコク滞在中に大理石寺院、ワット・ポー、暁の寺などを取材。カンボジアも訪れ、アンコール・ワット、アンコール・トム見学。 十一月、『サド侯爵夫人』（河出書房新社）刊行。
昭和四十一年（一九六六）	四月、映画「憂国」封切。 九月、『聖セバスチァンの殉教』（ガブリエレ・ダンヌンツィオ作、池田弘太郎との共訳。美術出版社）刊行。
昭和四十二年（一九六七）	二月、雑誌「芸術新潮」に「青年像」を発表。 九月二十六日、インド、タイ、ラオスを旅行（十月二十三日帰国）。
昭和四十三年（一九六八）	六月、雑誌「批評」に「デカダンス美術」を発表。 十月、「楯の会」正式結成を記者発表。
昭和四十四年（一九六九）	一月、『春の雪（豊饒の海・第一巻）』（新潮社）刊行。 二月『奔馬（豊饒の海・第二巻）』（新潮社）刊行。 十一月、歌舞伎「椿説弓張月」、国立劇場で初演。
昭和四十五年（一九七〇）	七月、『暁の寺（豊饒の海・第三巻）』（新潮社）刊行。 十一月二十五日、森田必勝らとともに市谷の陸上自衛隊東部方面総監部に入り割腹自殺。

昭和35年、パリ、カルーゼル凱旋門にて。

昭和40年10月、カンボジア旅行にて。

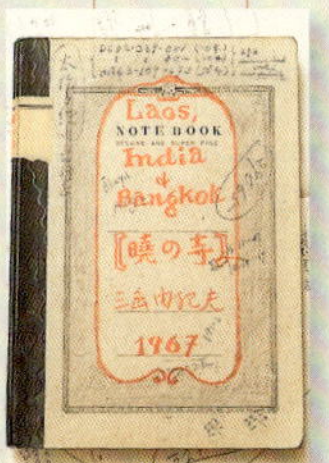

『暁の寺』創作ノート。
撮影＝垂見健吾

三島の霊を祀る祭壇。
撮影＝秋田満（1982年頃）

主要参考文献

『新潮日本文学アルバム　三島由紀夫』　新潮社　1983 年
垂見健吾、半藤一利『昭和史の家』　文藝春秋　1989 年
『グラフィカ三島由紀夫』　新潮社　1990 年
佐藤秀明「聖セバスチァンの不在」『三島由紀夫　美とエロスの論理』　有精堂出版　1991 年　76-89 頁
「芸術新潮　没後 25 年記念特集　三島由紀夫の耽美世界」　新潮社　1995 年 12 月号
澁澤龍彦「セバスチァン・コンプレックス」『偏愛的作家論』　河出文庫　1997 年　90-93 頁
三島瑤子、藤田三男編『写真集　三島由紀夫　'25 〜'70』　新潮文庫　2000 年
篠山紀信『三島由紀夫の家』　美術出版社　2000年
宮下規久朗「殉教の愉悦－聖セバスティアヌス・レーニ・三島」
『世界の中の三島由紀夫（三島由紀夫論集Ⅲ）』　勉誠出版　2001 年 3月　75-94 頁
谷川渥編『三島由紀夫の美学講座』　ちくま文庫　2000 年
『決定版　三島由紀夫全集　全 42 巻＋補巻＋別巻』　新潮社　2000 〜 2006 年
「三島由紀夫ドラマティックヒストリー」図録　県立神奈川近代文学館　2005 年
宮下規久朗『イタリア・バロック－美術と建築（世界歴史の旅）』　山川出版社　2006 年
井上隆史『豊饒なる仮面　三島由紀夫』　新典社　2009 年
有元伸子『三島由紀夫　物語る力とジェンダー』　翰林書房　2010 年
L.Réau, *Iconographie de L'art chrétien*, TomeⅢ, Paris, 1959.
J.Damase, *Saint Sébastien dans l'art depuis le XV siècle*, Paris, 1979.
Exh.cat., *Sebastiaan.martelaar of myth*, Den Haag, 1993.
R.E.Spear *The "Divine" Guido: Religion, Sex, Money and Art in The World of Guido Reni*, New Haven and London, 1997.
P.Boccardo, X.F.Salomon(a cura di), cat.mostra, *Guido Reni: Il tormento e l'estasi: I San Sebastiano a confronto*, Milano, 2007.

昭和35年12月、パリにて

編集協力

平岡威一郎
冨田紀子
酒井著作権事務所
山中湖文学の森　三島由紀夫文学館
石川九楊
犬塚潔
群馬県企業局
篠山紀信
垂見健吾
藤田三男
宮西忠正
横尾忠則
和久田誠男

ブック・デザイン◆鈴木恵美

三島由紀夫《みしまゆきお》の愛《あい》した美術《びじゅつ》

発行　2010 年 10 月 25 日

著者　宮下規久朗《みやしたきくろう》　井上隆史《いのうえたかし》
発行者　佐藤隆信
発行所　株式会社新潮社
住所　〒 162-8711 東京都新宿区矢来町 71
電話　編集部 03-3266-5611
読者係 03-3266-5111
http://www.shinchosha.co.jp
印刷所　大日本印刷株式会社
製本所　加藤製本株式会社
カバー印刷所　錦明印刷株式会社

ISBN978-4-10-602211-1 C0395